U0070123

驚叫ABC

山梗菜——著

推薦序

欣賞《驚叫ＡＢＣ》就像吃黑暗版本的雷根糖，幽默、有趣、諷刺、驚奇又詭異，不同字母不同口味。逗趣的人物、富有情緒的文字，就像古早黑白電影院，因為沒有色彩，所以角色的情緒起伏特別明顯，簡單明瞭地隨著文字跌入當日的字母中——英文有二十六個字母，簡單幾個就能組成數不清的單字；驚叫ＡＢＣ有二十六篇，簡單幾篇就能有諸多的讀後情緒。

巴哈姆特百萬人氣部落客　色之羊予沁

目次

Accordion
手風琴

It's the worst accordion player, ever.

車子搖搖晃晃地開到一間旅館的前方。信英從車窗望出去，旅館的外觀像是二十幾年沒有翻修裝潢過的舊公寓，一眼就看得出相當破舊。

「我們今天就住這種破旅館？」

「拜託！我們這次是來出差的，又不是來玩住大飯店，有點腦袋的人都知道明白這種事吧？」

面對前輩阿坤酸味十足的回答，信英只能聳肩回應。兩人代表公司明天要到附近的合作客戶那裡開會。但要是老闆沒臨時硬塞這份工作進來，信英明天本來就能跟老婆一塊約會了。

幾個星期前信英就預約好餐廳座位要跟老婆一起去看夜景，但老闆不會管這種事，塞到手上就是要照辦。老婆直到信英出門前，都還滿臉氣呼呼的。

信英接過鑰匙確認上面的房號二〇七，他現在只想趕快上床睡覺。難得的假日卻得幹這種苦差事，他只有一股悶氣可言。

旅館房間裡的擺設相當普通，但能看到常人看不到的世界的信英，馬上感覺到氣氛不太尋常。

他感覺到有人一直盯著他們看。

「我先去洗澡。」

阿坤進了浴室，而信英則坐在床上看著電視，怪異感卻遲遲沒有消散。

信英疲累地看著電視上播報的娛樂節目，打算放鬆一下心情。新聞的聲音之中，卻夾雜著不知道從哪邊傳來的手風琴的聲音。

「這麼晚了，誰在拉手風琴啊？」

關上電視，手風琴的聲音依舊不斷地傳來。忽遠忽近。先不說聲音來源詭異的移動，這低劣的音色讓他實在不愉快。

「你剛才有聽到拉手風琴的聲音嗎？」

阿坤洗完澡出來就聽到比自己還菜的同事問這種怪問題，馬上皺起眉頭：

「沒啊。」

「可是剛才外面有聲音傳來……」

「你是太累了有幻聽是不是？別想那麼多了快點睡啦，不然就先去看一下明天開會要談的資料嘛？想那些有的沒有的幹嘛啊？」

比自己還資深三年的阿坤用看著白痴的眼神望著自己，那副表情看了就讓信英內心某處又不禁不爽了一下。

房間裡的氣氛讓信英實在待不住，他走到旅館大廳，那裡有沙發以及讓客人翻閱的書報雜誌。

「死人？」

櫃檯人員聽到信英這麼問，有些訝異，但隨即恢復服務業該有的笑容：

「您怎麼會突然這麼問？」

「我感覺得到。」

這個答案讓他笑了笑。

「沒錯，所以客人您想要換……」

「不用不用，我只是想瞭解發生過什麼事。」

看到客人似乎只是隨口問的模樣，他不慌不忙地答：「幾年前有個外國表演團體，在住宿的時候因為電線走火引起火災，有個樂師在裡面逃生不及被燒死了。那時開始我們就不時聽到住在二〇七房的客人抱怨夜半會聽到詭異的手風琴聲，因此……」

「果然如此。」

無意再聽下去的信英用無可奈何的表情點點頭，就走到雜誌架旁拿起雜誌打發睡前時間。

他看習慣了不介意，但別在這種重要時刻吵他就好。

牆上的時鐘已經指向十二點，但信英依舊無法入睡。

不是鬼魂，是剛才阿坤隨便亂丟在他的床邊的行李箱害他跌倒的事。

有點常識的人都知道行李不會橫放在床邊，要回到床邊的信英一不注意，踢到行李箱跌倒了。

結果前輩上完廁所出來剛好看到信英倒在地上，不但不關心他的傷勢，反而還先酸信英走路不長眼踢壞他的行李箱，連信英反駁的話都充耳不聞。

混蛋，你除了在公司的資歷混得久一點以外一無是處。

他在心裡咒罵，準備趕快睡覺。

手風琴的聲音卻在此時又響起——而且就在他們的床邊。

信英和阿坤一人睡一張單人床，而聲音來源就在兩張床的中間。但檯燈的光線太暗了，信英根本看不清楚是什麼人在床的後面。

手風琴的聲音幾乎傳遍了整個房間，信英用棉被摀住了耳朵，從棉被縫往外面偷看。

阿坤像睡死了一般，一點也沒聽到。但是，手風琴的聲音明明是從他的旁邊傳過來的，為什麼？

聲音越來越大聲，也越來越刺耳，信英就算用棉被摀著耳朵，也無法抵擋從四面八方而來刺耳的聲音，信英跌到床下，幾乎想要逃離這間房間。

「出來啦！到底是誰啊？」信英大吼了一聲。

對方用一陣細微而詭異的尖笑回應。

信英轉頭，有個身上穿著破爛白色襯衫，飄在半空中的男性出現在房間的窗台前。

他的臉像被大火燒過般整片焦黑、腐爛，頭髮只剩幾根留在頭皮上，手上還抓著老舊的手風琴。

手風琴發出刺耳討厭的聲音。信英愣愣坐在床上，那可怕的模樣讓他呆住。

同時，鬼魂也察覺信英錯愕的反應，於是得意地繼續演奏下去——

「是你吧！一直發出吵得要死的聲音有完沒完！」

信英突然爆出怒吼，接著衝向窗台，粗暴地抓住那個演奏著手風琴的鬼魂腦袋，用注滿怒火的拳頭揍下去。

一陣像打中黏土的觸感傳來，那鬼臉上的爛肉被打掉一塊，他趁勝追擊，朝鬼魂揮一記勾拳，把它的頭打彎變成九十度。

「我已經累得要死，你吵什麼吵？以為人都不會不爽是不是！」

鬼魂沒料到對方竟會使用暴力，發出只有信英聽得到的奇異呻吟，聲音像詛咒也像哀嚎。發覺自己可以揍到鬼的他不再退縮，反而用打沙包的力氣繼續痛毆。

「我每天都被老闆當奴隸使喚，吃力不討好，又要背一堆黑鍋……」

鬼魂哀嚎聲越來越大，但信英仍火力地揍向他的嘴。

「因為這點，害我回家跟老婆的關係也變差了！」他朝鬼的額頭連揍幾拳。

「連那個前輩都當我白痴，整天只會仗著自己資深，自以為是地講堆腦殘的廢話！」他這回打斷鬼魂手臂，又一陣濕冷軟爛的觸感。

「客戶囂張得要死結果還只能忍氣吞聲！」他狂打鬼魂的手風琴，手指傳來木頭碎裂的觸感。

「我為每個人做牛做馬，卻得不到半點感謝！生活比每個人還辛苦，結果過得比大家都還不幸！你他媽的到底懂不懂！？只會在那邊吵的鬼是懂活著的人有多辛苦嗎！明天我還要去跟客戶開會討論工作，你別在那邊給我吵個不停行不行！？」

積怨澈底爆發的他一拳又一拳痛打張牙舞爪的鬼，打到鬼魂五官殘破無力反抗，打到它的身體快灰飛煙滅，他仍有許多不滿想繼續發洩在它身上，接著信英用它手邊的手風琴繼續攻擊——

阿坤隔天起床時，信英已神清氣爽地在窗邊眺望日出。

「早安，今天天氣真好。」

發洩掉不少怒氣的信英，用貴族般優雅的語氣說道。

直到打包離開為止，信英都帶著愉快的表情。阿坤雖覺得有點奇怪，卻沒有再問下去。

但除了信英，沒有人看得到二〇七房的窗邊躺著一個被打得不成人形，差點再次灰飛煙滅的鬼魂。

Beauty 美人

Beauty is only skin deep.

在柔婷走下那台男友送她的紅色高級跑車的時候，路上的路人幾乎都發出看到維納斯降臨般的驚叫。她已經很習慣被這種讚嘆與歡呼聲包圍的場面了，就連早上去買個早餐，店老闆都會因為她的美貌連蛋焦掉了都沒注意到。

「柔婷姐姐！幫我簽個名好不好？」

「我昨天有買妳的單曲CD專輯，在上面幫我簽個名吧！」

「真的是本人耶……」

拿著手機拍照的聲音此起彼落，不過她只是把這些粉絲們當成空氣一樣沒有多注意。要是真的照要求一個一個簽的話，她的手不簽到斷才怪呢！

「歡迎光臨！哎呀、張柔婷小姐，很高興像您這麼美麗的人願意每天都光顧我們的美髮沙龍真的是太榮幸了！」

一踏進這間市區內赫赫有名的高級美髮沙龍，就看到店長慌張地從店裡面帶著店員大隊迎接。柔婷拿出了這間店的ＶＩＰ貴賓卡讓店長畢恭畢敬地接下後，今天又換了不同髮型的男性店員便比了個「這邊請」的手勢。

「今天我要去參加朋友開的夜店的party，幫我弄個不一樣的髮型。」

「好的好的！我們的貴客都這麼說了，當然不會讓您失望啦！」

坐上貴賓造型區的真皮沙發，柔婷打開眼前的大螢幕電視，一邊讓造型師整理自己留長的秀髮。她的職業是靠外表吃飯的模特兒，要是有那麼一點趕不上潮流的地方，那還得了？

電視新聞正播報中午發生的社會案件。

「今天中午十一點左右，市內〇〇區的高級日式料理店發生了一起鬥毆事件。起因由於上門用餐的客人不滿廚師的樣子長得太醜，跟餐廳員工爆發肢體衝突，目前警方正在深入調查……」

柔婷看著新聞畫面貼出的廚師照片，不禁噴出笑聲。

「你看你看，那個廚師的臉真的醜到讓人想吐耶！」

「這個時代很現實的，要是長得不好看的話幹哪一行都只有被當成低等人的份！」設計師一邊用髮捲固定頭髮，一邊說道。

「就是啊，」她隨口附和：「上次不是有新聞說，有人被消防隊員從火場裡救出來，結果她看到消防隊員長相太平凡了，結果打電話向消防局抗議要求為這件事道歉嗎？」

「這個時代只剩兩種人啦，一種是型男美女，另一種就是可憐的醜男與恐龍妹！」

「對呀對呀！」

這個世界上沒有正義，只有可愛與漂亮的人才是正義。在模特兒界混得越久她就越明白這個道理。

雖然對天生長得醜的人來說這是句很現實的話，但他們也不得不承認這是真理……沒錯，在這個時代，就算有可比愛因斯坦的才華或貝多芬般的創造力，只要你的臉不好看，就註定一生都只能像老鼠一樣在陰暗的角落過著絕望的生活。

外表就是一切，人也好商品也好，現代的人們最注重的就是外表了。以前的年代如果新聞踢爆食品中添加染色劑的話一定會遭到民眾撻伐攻擊，但現在的人是明知道鮮艷可口的食物是用有致癌風險的染色劑還是寧可去吃好看的，沒有添加物外表樸素卻健康的食品反而被民眾當成垃圾看待。

「如果我一生下來就是醜女的話，那我還不如去自殺算了！上次還有什麼立委罵我敗壞社會風氣，還說『外表不是一切，內涵還可以努力』這種話，笑死人！」

「那只是天生長得醜的人自我安慰的話。」造型師一面替她燙髮，一面說道：「醜男醜女會學習，難道像我們這樣長相優秀的人不會學習嗎？等兩邊學習的時間一樣了，醜男醜女就滾回去喝西北風吧！」

兩人說著說著，還一起哈哈笑了幾聲。

當然，天生長得醜並不可恥，不知道要自己去整型成讓大家都覺得好看的人才是真正的可恥！

所謂的美貌，才是這個社會地位的象徵。俊男美女的薪水比普通人的收入高五成，所有人都愛看漂亮的人，身材好一點的女人只要露一下屁股然後搖一下傲人的雙峰，馬上就可以被一群男人包圍，不費吹灰之力就能比什麼三十年歌壇唱將還有名，就連漫畫小說電影不賣點肉或來點裸體場景的話，馬上就被讀者當成下三濫作品棄如敝履。這些事實，不就是外貌才是支配世界一切的最好證據嗎？

髮型完成後，柔婷滿意地看著鏡中的自己。她已經二十八歲了，但是再過幾年她也會面臨每個女人會遇到的問題：衰老。保養只能越來越勤，不然到了人生後半，她可不想過著失去美貌只能在街上乞討的生活啊。

那秀髮實在是太美了！就像黑色瀑布一樣的色澤，除了完美以外沒有其他的形容詞。極為滿意的她從自己上個月新買的LV包裡掏出十來張鈔票，讓設計師再次畢恭畢敬地收下。

看看時間，距離朋友的party還有兩、三小時的時間，這時就到附近的精品店去看看有沒有什麼新的商品進來吧！

剛做好頭髮新造型的她心情非常地好，走在太陽斜照的街道上，更是愜意得很。多虧做模特兒這行，她的身邊有很多的朋友都會贊助她的生活，這才是人生活該有的需求嘛！

正當她這麼想著的時候，她的身後傳來了一陣比蚊子還細小的呼喊聲。回過頭，在柔婷身後的人行道上已經站著一個穿著普通洋裝，年紀跟自己相當的女人。

「是妳啊？」

柔婷的眼中隨即露出無聊的眼神：「有什麼事嗎？」

對方的眼睛中流露著憎恨的情緒。她的名字是潘佳娟，曾經也是模特兒，但是她的容貌不如柔婷好看，在社會評價中也是逐漸下滑的一方。

「妳知道自己做了什麼好事。」

「哎呀，我有做什麼事嗎？這不過就是競爭的其中一環而已，本來是要找妳代言廣告的產品也是，妳的男人自動到我這裡來當然也是囉！」

暴怒的反應讓她的臉越來越醜了，很好很好，這可是妳自己要生氣的喔！

「妳覺得我有可能這麼簡單就服氣嗎？」佳娟反脣相譏：「在妳還沒去整型之前，妳可是連名字都沒人聽過啊！」

「是有怎樣？就像進修學習一樣，整型也是擴充自己實力的方式之一，白痴才會明知自己長得很醜卻還不去整形呢！」

她咬牙切齒的模樣，看得真的越來越讓人開心了。

「那麼，妳就準備失去這一切吧。」

她只冷冷地回了一句。

「什麼？」

佳娟突然從自己的口袋裡面抽出一根試管，然後把裡面的液體用力潑到柔婷臉上。

她發出一聲刺痛的哀嚎。腐蝕性的刺痛在臉皮上蔓延，她痛得倒在地上。佳娟得意地笑著，一旁的路人都嚇得退後好幾步。

「這是硫酸。頂多就讓妳臉皮永遠沒辦法回到以前的美貌，死不了的啦。」

妳對我做了什麼？她想開口，可是那痛楚讓她幾乎失去意識。她悠閒地離開現場，而她著急地從包包拿出化妝水稀釋硫酸，這才總算讓痛楚減輕。

我的臉……我的臉怎麼了？

她把LV包裡的東西全倒出來，像瘋婆子般搜尋化妝鏡開始照自己的臉。但鏡中映出的事實，卻只有絕望。

她的臉皮有一半被硫酸腐蝕，皮膚因為腐蝕浮現傷口，看起來就像被火燒過般可怕。帶點粉紅的可怕肉色從她白皙的臉皮上浮現，而火燒的灼痛感，就在被整罐化妝水稀釋過後依然持續擴大。

地獄，降臨。

「哇啊……啊啊啊！我不要啊！」

站在社會頂點的名模瞬間變成失去理智狂吼狂叫的瘋女人。四周的人好奇地看著她，但他們的表情馬上從好奇轉為看到狗屎般的厭惡。裡面還包括了剛才看到她想要簽名的粉絲。

「救我……我是張柔婷啊！為什麼你們不救我！」

失去了美貌，柔婷依然試圖靠著自己的名氣向周圍求援。但沒料到的是，路人們有的裝作沒看到直接走掉，有的一臉噁心地瞪著她，但沒有人肯向她伸出援手。

身為名模的她最清楚原因了。

她已經失去美貌，這社會的群眾們是不會憐憫失去美貌的女人的。

「拜託……拜託你們……」

她認出剛才一個曾向她要CD簽名的高中生粉絲，連忙伸手希望他能幫忙，但沒想到，他直接把到手不到十二小時的簽名CD砸到她的臉上，瞳孔中只有蔑視。

「離我遠一點啦！」

他不只甩開求援的手，甚至還殘酷地補上一腳。遭到半毀容的柔婷被踹倒在地板上，現在眼前還溫暖的，就只剩下照在身上的陽光了。

「嗚……嗚哇啊啊……」

失去了一切權力的柔婷流下了不知是硫酸影響還是絕望的眼淚。

一路上，注意到她的人很多，但絕大部分都因為她已經不是正妹了所以假裝沒看到。她看到那個蹲在街角，同樣曾被她當成地上垃圾一部分的骯髒乞丐，現在自己的地位就跟那個乞丐沒兩樣。

混蛋……混蛋混蛋混蛋！

她敲著地板發洩累積至今的不滿。為什麼自己要遭遇這麼不平等的待遇！為什麼要奪走自己的美貌？把我保養那麼多年的臉還來！把我失去的一切還來！

對了！醫院……去醫院的話一定會有辦法！只要馬上動手術的話就可以救回來

了吧！

她拿出手機撥下朋友的號碼。今天不是有新開的夜店要開派對嗎？兩人都認識這麼久了，她一定會幫自己吧！

「喂柔婷啊？派對現在還在準備啦，妳要先過來嗎？」

「妳在哪裡啦……」

失去判斷力的柔婷只能抽抽噎噎地哭著。

「我……帶我去醫院好不好？我……」

「妳怎麼了？妳在哭嗎？」在演藝圈頗有名氣，把經營餐廳跟Ｐｕｂ當副業的朋友有點詫異。

「我的臉被人潑硫酸了啦！」柔婷哭著，雖然稀釋硫酸不至於奪走她的性命，但失去美貌就等於失去一切了。

「……」

「我的臉……我的臉現在……好痛……大家都不想幫我……帶我去醫院、拜託……」

話筒另一端除了準備派對的人指揮與搬運的聲音，聽不到任何應答。那反應就像沒想到自己會發生這種意外般錯愕。

「這樣啊。」

朋友的聲音突然變得冷淡。

「抱歉，我還有事要忙，等一下再打電話給妳。」

「等一……」

話筒另一邊只剩下嘟嘟嘟的聲音。她著急地重新撥打，但不管打幾次都只能聽到「轉接語音信箱，嘟聲後請留言」的錄音。

可惡啊！

她氣到把觸控式手機直接丟到牆上，趴在地板上痛苦地哭著。

一切都是她的錯……都是她害得連我的朋友都背叛我離去了！

她怨恨極了。她把所有怨恨都集中在剛才潑了她硫酸的潘佳娟身上。都是妳害我變成這樣的，都是妳毀了我的人生！去死吧！都是妳我的人生留下無法抹滅的污點！

她爬起來，原本美麗的雙眼也被憎惡與痛恨污染了。她恨透潘佳娟了，明明是自己長得不好看天生該被淘汰，結果居然還拖自己下水……可恨極了，真的可恨極了！

她像失去動力的傀儡在人行道上前進。她不知道哪裡有醫院，如果先找到醫院的話就先治療，但要是潘佳娟那個賤人被她找到，就算死了也要一起上路！

「妳還好嗎？」

有個聲音從後方叫喊柔婷。一轉頭，有個面容普通卻歷經滄桑的中年人站在她後面。她下意識露出看到蟑螂般的嫌惡表情：「你要幹嘛？」

「這個世界扭曲了。」中年人嘆道：「我們班的孩子也因為我長得醜不想看到我，回家連講到老師的事都很羞恥。現代人也是，明知道鮮艷的食物摻了色素、防腐劑，卻還是寧可吃好看的也不吃天然食物。」

「嗯，是喔。」現在哪來的閒時間聽他說陳腐的大道理啊。而且看到這種人就讓她心煩，沒馬上衝進廁所嘔吐就算不錯了。

「妳也被那些只會以貌取人的人欺負了，對吧？」他感嘆：「先到我家來吧，妳的臉上都在流血了，再不處理的話……」

「不用了，謝謝。」

她無法接受跟這種劣等長相的人再共處下去，感覺空氣都被污染了。她要去找整型外科……花一百萬也好，她的美貌比命更重要，她怎能接受名模人生就這樣被葬送！

「等一下，妳還不能……」

中年人抓著她的手慌張叫著，但她馬上甩開他：「我告訴你，馬上放開我！我要去整容中心！」

「不是啦！」

「再不放開我就尖叫了！」

柔婷快步朝路口衝去，但中年人慌張的叫聲卻傳到耳邊：「現在還是紅燈啊！」衝到路中央的柔婷聞言轉頭，但一輛鳴著喇叭的卡車已經暴衝到自己面前。

在一陣劇痛後，她的眼前什麼都看不到。她的身體不停往下墜落，在黑暗之中，只有下方燃著火光的地方發出光芒。有如火山口才會出現的熱氣在她落地時噴到她身上，大量長著紅皮的惡鬼把她包圍起來。

「好可愛的小女孩，歡迎來到地獄。這裡對剛死的人類有點熱，但久了就能習慣。」

「地獄？你說我已經死了嗎？」

全身因為熱氣燙得難受的柔婷恐懼地晃著身子，但比起地獄烈火，帶著這麼醜的樣子死去更叫她屈辱。如果那賤人沒有奪走她的美貌、奪走她人生一切……

她就不會掉入地獄一個人絕望了啊！自己怎能到死都這麼醜惡！但惡鬼看穿她的心思，用諂媚的聲音說道：「不，在地獄裡像妳這樣的人類才是最美的。」

「你說什麼？」

「地獄的價值觀跟地表是不一樣的，地表覺得越醜的事物在地獄越美，就連血肉之軀都看不到內心也是。妳從內到外都是很棒的美人！」

紅惡魔們高舉鐵叉杖大聲歡呼。柔婷從無法理解直到放棄思考那句話的涵意，最後她的心又被眾人擁戴的快感和優越感征服，跟著一起放聲大笑。

「啊對啊……我死了也一定是最美的，只有美麗和可愛才是正義！這世界就是這樣！」

她被拱上惡鬼們抬起的神轎，在烈焰噴發的時候發出充滿歡愉的笑聲。這裡的惡鬼們看到她就跟生前一見她就歡呼擁戴的人一樣，沒有什麼好再擔心了！除了一件事外。

「佳娟那個傢伙，為什麼還不掉進地獄裡來？」

她還是很痛恨那個潑自己硫酸害她死於非命的賤人。但沒想到，她的願望馬上就得到回應。有一群被惡鬼們用鐵鍊拖行的死者正好經過前方，她在死屍般的隊伍中看到了佳娟。

「等一下，把她抓起來！」她號令，惡鬼們也順從地把那個半身被輾爛的女子粗暴地拖來。

「真難看啊……不，想不到這裡又再碰面了呢。」

怨恨幾乎要從她布滿血絲的雙眼溢出。在她潑了柔婷硫酸後，佳娟也因為害怕而逃跑。但因為太慌張了，在跑過平交道的時候竟然沒看到駛來的火車，她就這樣被輾過下半身，失血過多而死。

「張柔婷……妳怎麼會…為什麼妳會被惡魔像這樣歡迎？」

「因為只有美麗的人才有控制世界的能力呀！」她大吼著她到死也堅信不疑的人生信條。

「而妳，我要給你生不如死的懲罰……讓妳死了也在我的美麗之下抬不起頭！給我把她扔進那裡的石磨！」

惡魔們歡呼著把佳娟原本就瘦小的身體抬起，夾進燒得火紅的大石磨中磨碎。受不了折磨的她發出人不忍聽聞的慘叫，但惡魔們的笑聲卻蓋過一切。

地獄裡永遠的美人和醜女間死後無盡的拷問，這時才正要開始。

Chandelier
吊燈

The magical chandelier can make your wish come true, but you must sacrifice more than you imagine.

黑暗中，被綁在椅子上動彈不得的韓德森憤怒地想要掙脫。他的女朋友漢娜也被眼前的旅館老闆用尼龍繩綁得死死的，而且兩人還不知道發生了什麼事。

「晚安，兩位年輕人。」

天花板上的燈一打開，突如其來的強光讓他一時間睜不開眼睛。身材壯碩的旅館老闆帶著替兩人check in時的笑容走進來，他的背後還有在旅館裡不該存在的東西。

止血鉗、手術刀、用途不明的噴霧罐型藥劑、手術用手套……其他放在金屬推車上的東西看不清楚，但韓德森馬上大吼：「快點放了我們，否則離開這裡之後我馬上就到法院上訴！」

「這點你可以放心，因為我想你們在今天日出之前是沒辦法活著離開的。」

「你要做什麼？」漢娜驚恐地叫著：「你……你想要錢嗎？錢的話我全部都給你，我們被抓起來的事情也絕對不會說出去，拜託你放我們走！」

旅館老闆穿上防止衣服被弄髒的白圍兜，然後拿起手術刀。

「我要的不是錢，我想要你們的眼睛。」

「狗娘養的！」韓德森破口大罵：「你在說什麼瘋話？你是在黑市買賣器官的人嗎？」

「不是，但在你們死掉之前，我還是說明要你們的眼睛有什麼用途。」

垃圾！韓德森咒罵自己居然會因為旅費便宜而選擇這間只有三層樓還沒幾個人住的旅館。剛才失去意識時他明明還在床邊喝著威士忌準備跟漢娜親密的，結果一醒來，自己居然就被綁到這種地方。

韓德森的面前還有另一張可讓十人一起吃飯的大圓餐桌。在桌子上面，有一個被天鵝絨布覆蓋住的巨大物體，老闆把紫色天鵝絨掀開，布料下方出現了巨大的燈具。

「天啊，那是什麼？」漢娜叫道。

那燈具是組看起來在吸血鬼電影裡出現的吊燈。黑色的原木上點綴著水晶裝飾，上面還裝有復古風的燭台。這樣子頂多老舊一點的吊燈，怎麼看都不會跟現在的狀況扯上關係。

「你說這狗屎玩意跟我們有什麼關係？」

「這個不是普通的吊燈，它是實行黑魔法儀式用的吊燈。」

旅館老闆說出讓人難以置信的說法。

「如果這盞吊燈成功發揮魔力，那麼它足以讓一個死者重新復活。只是……吊燈的魔法要完全發揮作用，需要一千顆人類眼球裝在那上面。」

一千顆眼球……當韓德森仔細看的時候，他把晚上吃的火雞肉堡全吐了出來。點綴在那上面的不是水晶，而是一顆又一顆的人類眼球。漢娜看到數百顆毫無生機的眼球時，她也一起吐了。

「上面只要再四顆，就能湊齊一千顆眼球了。」

眼前恐怕已親手殺了四百九十八人惡魔對著兩人露出微笑。韓德森恐懼而氣憤地掙扎，叫道：「你敢動我們兩個一根頭髮，我就讓你死無全屍！」

「要死無全屍的人是你們！」老闆抓著手術刀，粗魯地扯住漢娜的頭髮，然後朝她的大腿捅下。

「哇啊啊啊啊！」

漢娜發出極度痛苦的慘叫。韓德森也害怕了，他連忙哀求：「不要傷害她！」

「如果你們安靜點的話，我可以讓你們都死得痛快些。」

「求求你……我給你多少錢都好，拜託你不要傷害她……」

「我的確沒有傷害她的意思。」

旅館老闆笑著回答他的問題。

「我只是要摘下她的眼球而已！」

他把一團被血染成暗褐色，不知道塞過多少人嘴巴的布塞進漢娜口中。她像脫水的魚來回搖晃掙扎，韓德森也痛苦哀求著。但綁住他們的椅子是固定在地上的，他怎麼樣也沒辦法脫離。

他熟練地開始取眼球。瞬間，漢娜發出連布團也擋不住的最痛苦的哀嚎，韓德森的視線所及之處也都是一片鮮紅。

「快住手……」

韓德森大吼大叫著，但最後他也失去抵抗的力氣。漢娜失去雙眼而且失血過多，現在就像被菜刀切開的魚奄奄一息地躺在椅子上。

韓德森曾經稱讚漢娜的眼睛就像藍寶石那樣美麗，而那兩顆還帶著一點藍色光輝的眼球躺在他的手上，他小心翼翼地來到吊燈邊，接著用眼球把剩餘的四個空洞填滿其中兩個。

「不用擔心……等我把你切斷之後，你就會痛到什麼事情都不知道了。」

韓德森怒懼交加，再怎麼掙扎，椅子與繩子卻紋風不動。

老闆踩著漢娜的血來到他面前。或許是他的目標要達成了，他抓著手術刀的手因興奮而顫抖。

「復活……你知道我等著讓我的愛人復活，等到第五百個犧牲者上門等了多久！她的屍體到現在還放在地下室，等著我讓她復活！」

韓德森也停止了抗拒，他仍用無所畏懼的眼神望著老闆。

「既然我是最後一個人……那在我死之前，能不能實現我一個願望？」

「哈哈……都要死了還想要什麼願望？」

「給我紅酒。產地或年份都無所謂，讓幫助你的人在死前品嚐最後一杯也不過分才對。」

老闆露出了扭曲的微笑，思考一會。

「OK，那就讓你享受人生的最後一杯紅酒吧！」

他笑著回到一樓，從自己的酒櫃中拿了一瓶法國產之後，隨即抓著玻璃酒杯與手術刀下來。

「金玫瑰莊園一九九四年份紅酒，為了特別的賓客而準備的。」

「沒聽過的莊園。」他答：「把杯子拿來。」

血紅液體倒滿杯子，在韓德森面前散發不祥光芒。老闆把酒杯塞到他嘴邊，粗魯強灌下去。

「好好品嚐人生最後一口滋味。」

韓德森被嗆到而猛咳著。魔頭滿意欣賞一切，轉身要取手術刀——

一陣腳步聲傳來，當他轉身的剎那，韓德森已把紅酒噴到他眼中。

「狗娘養的！」

剛才的一切都是演戲。他早想到要用紅酒含在口中這麼做，叫他上樓拿紅酒，也是為了在不引人注目的狀況下，用錢包裡預藏的救生刀卡割斷繩子，而韓德森繼續演戲讓他放鬆戒心。

他反手奪下手術刀，在老闆雙眼被嗆辣紅酒辣得睜不開眼時，一刀捅進老闆胸口。老闆在地面打滾掙扎，韓德森趁勝追擊，一刀劃開他的喉嚨。

「啊啊……」

生不如死的中年人倒地，未料到自己的大意居然造成這種結果。韓德森從推車拿了其他凶器，不分青紅皂白就亂捅一陣，被逼到絕境的人為了求生什麼殘酷的事都幹得出來。

幾分鐘後，老闆死了。

韓德森確認他死掉後，用手術刀把他充滿血色的眼珠挖出來。那座吊燈還在那裡等著最後兩顆眼珠。

異常冷靜的他把逐漸失去彈性的眼球嵌進了吊燈之中。

什麼事都沒發生。韓德森轉頭看漢娜的屍體，如果它真的能讓死人復活，那現在他何不讓漢娜復活？

「你這垃圾，湊齊一千顆眼球不是可以讓死人復活嗎？為什麼不動？快點讓漢娜復活啊！」

吊燈彷彿對韓德森的話有反應，嵌在上面的眼珠同時發出詭異紫光，接著紫光照遍整座房間，直到韓德森因恐懼跪倒在吊燈前方為止。

當他睜開眼，一道女性身影已站在他面前。

「漢娜……？」

那確實是漢娜。她的笑容、她的姿態、她的臉蛋依舊，只是……

「韓德森？這是哪裡？為什麼我什麼都看不到？」

漢娜的眼球回不來了。兩個空空如也的眼窩像絕望的深淵，讓韓德森馬上拉回絕望谷底。

忍受不住恐怖的漢娜，抓著頭放出崩潰的叫聲，兩個空洞也流出紅色的洪流。

Destination
終點

What's the destination of your life?

我難以置信地看著眼前的景象。

眼前有大群的人類，像玩膩後丟在玩具箱裡的玩偶堆疊在垃圾處理區之中。不是屍體，是人類，因為他們全都還睜大眼睛呼吸著，只是被壓在底下的人誰也沒發出聲音，丟在最頂端的傻希也沒任何反應。

「你滿意了嗎？」

押著我的兩名清潔人員面無表情地逼著我轉向，看著站在背後的大鬍子男性。

「那些人怎麼了？死了嗎？為什麼會在那裡……」

「你的問題太多了。我一個一個慢慢講。」

男性是管理這艘巨大宇宙移民船的幹部，我現在所在的地方是控制移民船中樞的能量中心。

「那些人還活著，只是失去了靈魂而已。」

「靈魂？」

這個答案太讓我驚訝，我不禁張大嘴巴。

「人類的靈魂被抽走後，身體還活著，所以就放在那邊讓它們自然死亡。所以說那些不是人，是活屍，或活死人。」

大鬍子男用沒有憐憫心的聲音解釋。

「為什麼？那些人做了什麼，為什麼要……」

「都說你問題太多了，我要慢慢講嘛。」

他不慌不忙地點了根菸，旁邊的工作人員也替他倒了杯藍色雞尾酒。

「你以為這艘移民船的動力是從哪來的？」

「電力啊，不然呢？」

「哈哈哈……但哪裡來這麼多的電力支撐移民船移動？」他反問。

我答不出來。

「答案是使用人類的靈魂。移民船上有能夠把人類靈魂轉換成電力的裝置，一個人的靈魂，就可以讓移民船飛行五光年的距離。而且不是每個人類的靈魂都能這麼有效率。」

大鬍子拿起裝了雞尾酒的杯子啜飲一口。

「雖然快要過世的老人也會拿來用，但只有最快樂的人類，才能發出最強大的能量。」

最快樂的？我的腦袋太過震驚，結果說不出話。

這艘移民船全長約有四百公里，容納了近五千萬名居民。

被送到這裡來的俊希是我的好兄弟，因為贏得「第五十九屆移民盃熱狗大胃王大賽」冠軍，因此受邀參觀移民船的能源中心。

自從我在這艘移民船上出生以來的十七年，從來都沒看過能源中心是什麼樣。每天一抬頭，就只能看到一天固定照射八小時的人工太陽，再來就是毫無光芒的夜空。

想跟著去看看那裡長什麼樣的我，費了一番功夫偷偷跟蹤接走俊希的車，接著再偷偷從地面入口潛到這個布滿管線的地方來。

結果我看到的，就是成千個堆在一起的人類……或叫活屍更恰當。

「情緒的力量是很巨大的，像是快樂的力量、悲傷的力量跟憤怒的力量都會帶來改變——但以科學角度的研究發現，快樂的靈魂是最強的。移民船上整座城市的設計，就是為了培育快樂的靈魂而設計的。」

「什麼？」

說到快樂，這艘移民船上或許會缺點物資，但絕對不缺娛樂。

賭場、遊戲中心、遊樂園、音樂廳、電影院……各種地球毀滅前的人類擁有的娛樂設施，這艘船上一樣也沒少。

不只這些，網路上每個月都會推出電影、動畫、連續劇、新曲、遊戲，就算每天不眠不休地觀賞，半個月都還未必看得完。

不只如此，整艘船上各個角落都還會定期舉辦各種娛樂活動，俊希最喜歡的是大胃王比賽，因為他的食量很大，每次絕對能打敗無數選手，能得到這次移民盃的殊榮，他的內心肯定很快樂吧。

「所以……你們才選了俊希？」

「他內心的快樂感已經到達了極點。要利用就要趁現在……」

「就為這種狗屁理由？吃屎吧你們！」我咒罵，還想一把將他的鬍子扯下來。

「吃屎？你難道沒想過你能活到現在，到底是誰的功勞嗎？」

大鬍子用看著乞丐般的眼神打量著我。

「從你能得到飲水、陽光到這艘船能繼續前進，全都是有這些人的靈魂在燃燒的關係！如果活著是狗屁，那你現在還在幹嘛？自盡嗎？每星期燃燒一個靈魂就能拯救更多人，這是無可奈何的犧牲！別身在福中不知福了！」

不甘心的我咬著牙低頭。

我從沒想過自己能活到今天，和平的日子背後竟犧牲這麼多人。

「雜種小子，讓你順便參觀靈魂燃燒的過程！」

我被清潔員押到另一間大房間。

那邊有個看起來很興奮的少女。她坐在一張沙發上，頭上戴著像3D眼鏡的頭盔。

記得沒錯的話，她是參加移民盃啦啦隊表演大賽冠軍隊伍的隊長，她奪得冠軍時興高采烈跳舞的樣子我記憶猶新。

大鬍子輕彈手指，連接頭盔的機器開啟。接著有團白色能量從頭盔中吸出，透過連接機械的透明管送進一旁的巨大爐子之中。

爐子發出更巨大的運作聲，儀表板上的能量表也開始回復，失去靈魂的年輕啦啦隊隊長的身軀口吐白沫，變成另一具悲慘活屍。

「幹嘛讓我看這個？讓我知道這麼多祕密，你們不滅口嗎？」

在清潔工把啦啦隊隊長的軀體搬走時，我問。

「人類已經只剩幾千萬，沒有自相殘殺的餘地。」大鬍子總算把雞尾酒喝完：

「我們可能會讓你留在這工作。」

「留到什麼時候？抵達新行星的那天嗎？」

「那天不會來了。」

他說出難以置信的話。

「新行星只是為了掩飾人民不安的幌子，事實上……我們只希望人民沉溺在現有的快樂中，永遠別從美夢中醒來。適合地球的行星……我們還沒找到。」

移民船上僅存的人類，事實上都形同只能用娛樂麻醉自身的畜牲，等著變成燃料讓其他人前進的那天。

「如果我不從呢？」

「放逐。」他無情地說。

「知情者不能放回社會，否則快樂的靈魂會減少。如果不工作，那只能把你丟到隨便一顆星球自生自滅。」

想到現在還在家裡看電視的爸媽，我流下後悔的眼淚。

「兩條路，其餘免談。你留下來的話，至少還能跟父母聯絡還有聊聊天，我們不會讓你太痛苦的。給你一晚考慮吧。」

我被丟進牢房。

我怎麼想，都覺得留在這裡是最好的，但一想到我被輕易犧牲的兄弟變成活屍的樣子，我依然無法接受。

這個本來應該是家鄉的地方，突然讓我從生理上感到想吐。

第二天早晨，決定的時間來了。

大鬍子邊吃著班乃迪克蛋，邊看著我一晚沒睡好的臉：「下定決心，要開始學習這邊的工作了嗎？」

我搖頭。

「你要我每星期看著什麼都不知道的人，就這樣不明不白地死掉嗎？你想過那些人的家人會傷心嗎？」

「但不這麼做，五千萬人都只有死路一條。在找到能停下的終點前，這是拯救所有人的最好辦法。」

「我不承認……」

「別自認清高了！世界上每個人的舒適生活，絕對都是用某些人犧牲與努力換來的！如果不喜歡覺得很噁的話，那就放棄現在的生活啊！做得到嗎？你平時上網玩遊戲的電力也是用某人的性命換來的懂不懂！」

他很討厭，但我無法反駁。

「那……放逐我吧。」

他沒料到我會這麼說，差點把蛋吐出來。

「你腦袋正常嗎？」

「我很正常，也知道這是逼不得已的方法。」我深呼吸幾口氣，說：

「但是……活在這種沒有目標的地方，我覺得……這樣也跟死了沒兩樣。整天沉溺在那種快樂裡面卻不知道自己想要什麼……想到未來要過這種生活我就想吐。所以倒不如你直接給我艘小艇，讓我自己去找別的出路……」

「你還不懂『放逐』的意思嗎？」

集合數萬人之力還找不到適合移居的星球，怎麼可能我一個人就找得到？那是死路一條的意思。

我點頭。

但比起毫無目的死去，我也寧可在自己掙扎過一遍後再死。

「你會後悔的。」

大鬍子手一揮，清潔員馬上把我從現場拖走。

我被塞進逃生用太空船，然後被彈射到沒有邊際的黑暗中。

沒有好吃的早餐，沒有我愛的爸媽、朋友家人，也沒有讓人快樂的一切。

但也無所謂了。

我沒有夢想，但至少人生的方向還有終點，該是我自己決定的。

就算我知道幾秒後就會完全餓死也一樣。

還有至少，我死後的靈魂還是自由的。

空氣開始變得稀薄，我流著淚望著無盡的黑暗，終點就要到來了。

Environmental Strategy
環境對策

The best environmental strategy is the extinction of human.

隨著文明進步，地球上的各種環境問題越來越嚴重。

飲水不足、能源問題、氣候異常、海洋污染……這些都需要一個有效的策略解決。

那就是直接減少人口。

為了拯救地球，名為「守護地球聯盟」的團體在世界各地努力進行消滅人口的計畫。

像是在飲用水中釋放全新致死率一〇〇%病毒，或是用超高技術駭進各國軍事系統，讓飛彈飛向其他國家的首都然後引爆戰爭，一口氣消滅掉數百萬人口。

以大眾的定義而言，他們就是恐怖份子。

但以他們自己的定義而言，他們是為了拯救地球挺身而出的戰士。因為他們不用武力或自殺炸彈攻擊，而是用自行開發的生化武器還有頭腦戰清理環境。

在花了五年的時間讓人口從八十多億縮減到只剩四十億時，組織的十多名幹部在南太平洋的無人島嶼臨時搭建的辦公室裡，召開對策會議。

「先前使用大規模腦炎病毒減輕地球負擔的方法非常有效，大概消除了五億左右，期盼各位能再提出更有效率的環境對策。」

穿著樸素的聯盟老會長一說完，在場四十幾名成員開始稀稀落落地鼓掌，縮在角落的孩子也拍手幾下。

「但是，接下來還是不能鬆懈。為了繼續讓地球環境更加美好，繼續消滅該死的人類是不能手軟也不能停下的工程。

可是，在這之前還有更重要的事要做。」

他掃視成員一遍，所有人也不禁議論紛紛。

「開發大規模毀滅雷射衛星的實驗室，只有我們的成員知道，卻被美國軍隊破獲殲滅。我不想懷疑各位，但我得說……我必須先清除內鬼。」

他突然從腰間掏出手槍，朝著一名還反應不過來的年輕科學家連開好幾槍。他發出慘叫，幾秒後便倒在血泊中。

看到同伴被殺，其他人不免吃一驚。會長這時擦著手槍，道：

「往後誰敢再把聯盟的活動據點洩漏出去，就要用性命為環境盡一份心力，懂嗎？」

「請等一下，會長，這孩子開發病毒的時候非常認真，會不會是搞錯了？」

「我確認過他的通聯記錄，只有他跟不明人士通話過，因此我一〇〇%確定是他。」

「但不確認原因就直接處決，這樣有失公正……」

砰砰。想反駁會長的人也被會長開槍射殺了。

「我的判斷是公正的。同時，清理叛徒也能讓環境變得更美好，這是一舉兩得……」

「那麼我們現在就用你的性命讓世界更好吧！」

十幾名幹部同時拔槍指向會長，並且用積怨已久的聲音叫：

「我們很久以前就對會長的決策有意見了。每次被犧牲的都是我們這些第一線的成員，而且會長也從來沒為我們考量過任何安全措施！如果要清理地球，應該是會長這種自私的人先離開！」

「自私？我的所作所為都是為了地球著想，我愛著地球所以才不得不這麼做的！」

「那就為地球犧牲吧！」

兩邊都互開數十槍。會長身上中了好幾槍不停吐血，幹部也奄奄一息。

會議開不下去了。剛才公然反抗的幹部們把同伴扶起，接著朝會長身上補槍，完成今天愛護地球的例行工作。

「會長已經為了地球而犧牲，所以來選新的會長領導整個聯盟吧！新的會長一定要是最愛護地球環境的人，讓我看看你們有多愛這個環境！」

一片沉默中，負責入侵電腦系統的幹部站了出來。

他抓起刀子，冷不防地朝著剛才中槍的幹部身上用力劃下，讓世界上又少了一人。

「比起致死病毒，使用網路病毒的效率高了許多，而且我也身體力行為環境做了努力，最適合會長的人選，當然是我！」

「你的意思是誰動手清掃的人數最多，誰就最有資格成為會長？」又有其他異議聲傳出來。

「嘿嘿、不服氣的話就來展現你們為這環境奉獻了多少啊！」

「那就先把你清掉讓地球變得更美好！」

幹部們開始拿出各自的凶器，接著失去理智互相攻擊。就算是曾經一塊工作過的夥伴，這時也全殺紅了眼互相攻擊。

「我要拯救地球！」

「我愛這顆星球！我要拯救世界！」

「地球萬歲！」

「我好愛地球啊！」

「地球是我的老婆，我要為保護老婆而戰！」開始有人語無倫次。

連剛才提議選新會長的幹部，同樣用槍不停射擊其他聯盟成員，或者乾脆拔刀殺人。現場變成超大屠殺大會，所有人都殺到不見血不罷休……

一小時後。

守護地球聯盟因為內鬨而幾乎全滅。

一直躲在角落的警衛這時站起來，他的手上拿著一罐藥劑，剛才聯盟的人們發瘋失去理智，就是這罐迷幻藥惹的禍。

這種迷幻藥的效用，就是讓人類判斷力下降，一旦被煽動以後，腦中的理智就會完全被衝動蓋過出現暴力舉動，最後自滅身亡。

這最適合那些只想把責任推卸到他人身上並排除異己的人了。

這個組織的人也跟世界上的大多數人沒兩樣。每個人都贊同保護地球，但到了夏天照樣冷氣開整天、為了減肥浪費食物、為了無謂的享樂浪費能源、為了賺錢破壞雨林、污染水源……

只不過，這群人是為了自己的地位而行動，這個社會每個人都是只會在嘴上說著愛地球，實際上依然是為了自己的利益而行動的騙徒。

看著這群打著愛地球的口號行殺戮之實的人們的屍體堆，警衛笑了幾聲。

今天他也為地球環境問題盡了一份心力。

Friend
朋友

Friends share everything with each other, including your body.

弗雷德最近交了新朋友。

那個朋友沒有身體，只有一張又大又長的白臉，而且眼窩裡沒有眼球。白臉有時會從鏡子裡面浮現出來，或是從房間的牆壁浮現出來，有的時候甚至從天花板上跑出來，跟弗雷德聊天說笑話。

但弗雷德的父母不喜歡那個只有臉的新朋友。爸爸從教會請了牧師來家裡驅魔，媽媽也拿著聖經想要趕走弗雷德的新朋友。

不過，都失敗了。那個新朋友不只不怕，還會在弗雷德跟爸爸媽媽吃飯的時候從飯廳的玻璃窗上浮現出來對著弗雷德笑，看著爸爸媽媽嚇得從椅子上跌下來的樣子，笑得更大聲。

「弗雷德，你不能再靠近那隻鬼！」媽媽抱著弗雷德不禁流下眼淚，她真的很害怕弗雷德有天會被那張臉給殺掉。

「那個不是朋友，是想要傷害你的邪靈！」爸爸也抓著弗雷德叫著：

「你如果跟他玩在一起，會被拖進地獄的！」

「不會的，米克他人很好，還會說很多有趣的故事給我聽，是擅長說故事的朋友！」

「別管他說什麼故事了，為什麼不跟住隔壁的約翰當朋友呢？他們明明也可以陪你玩，約翰的爸爸也會說很多故事給你聽，以後不准跟那邪靈在一起！」

「可是米克需要幫忙……」

「幫什麼忙？」

弗雷德這時突然笑了笑，然後把T恤往上掀起。

「啊啊……！」

爸爸媽媽都發出尖叫。

因為那張白臉居然漸漸從弗雷德的肚子上浮現出來，它露出笑臉，用沒有眼球的深黑眼窩看著弗雷德爸爸嚇到尿失禁的樣子。

「我跟弗雷德是好朋友，所以我跟他合體，現在他的身體也是我的了！」

肚皮上的臉發出高亢而恐怖的笑聲，同時弗雷德也帶著邪惡的笑容慢慢靠近跌在地上的兩人。

然後，臉張大嘴巴，用尖牙朝爸爸媽媽的頭頂咬下去。

Gentleman 紳士

A gentleman loves everyone, so he collects them.

莉穎抓著包包，在午夜一點的路上死命地逃竄。有三個看起來不太正經的男子正尾隨在後，他們有病的笑容好像享受狩獵樂趣的英國獵人。

「喂，別跑嘛！」

一臉笑咪咪的大學生抓著真正的步槍跑著，然後一臉像發情公狗口水滿嘴流的男性也緊追在後。不知為何滿臉憤怒的肥胖男性也抓著ＡＡ－１２霰彈槍從另一邊小巷繞道包抄。

他們的身上都穿著卡其色運動裝，袖子上繡著一個紅底白圖，一隻抓著獵槍的狼的剪影圖案。

她完全不懂自己為何會被這些變態盯上，只能拚命跑下去。但奇怪的是不管她怎麼大喊，兩旁連個出來看的住戶也沒有，監視器甚至全被打碎了。

莉穎嚇得快喪失思考能力。她的手機在慌亂中掉了，被大學生笑著一槍打爛。搶劫嗎？不對，她的錢包剛才也掉了，可是三人也視若無睹。他們瞄準的只有自己。

「西廷……快來救我啊……」

她縮在汽車後面小聲哭喊男朋友名字。連名字都不知道的追殺者就突然追上來朝她開槍，現在警察和男朋友都無法救她。

腳步聲在汽車前停下。公狗男真的像狗一樣呵氣的聲音只有一車之隔。拜託，誰來救我！我以後不敢在轟趴派對上玩到這時候才回家了！她閉著眼縮著身軀祈禱著。

但是，希望馬上破滅。

「欸嘿嘿，被我找到了！」

笑咪咪男粗暴地扯住她的頭髮，用步槍柄重擊她的頭。公狗男那充滿噁心欲望的臉湊到自己面前，好幾天沒刷牙的濃厚口臭讓她幾乎要吐了。

「來嘛……我帶妳去一些好玩的地方！」施暴後依然笑容滿面的大學生把她當狗般硬扯她的衣服在地上拖。

剛才的爆怒男也回來了，他拿起霰彈槍，要朝她的額頭扣下扳機……

刺耳的喇叭聲突然打破寂靜，也讓三人嚇了一跳。一輛紅汽車衝來並巧妙地把三人撞倒，車上跳下一位年輕男性，一把直接將莉穎拉上車。

「把車門關好！」

她自然想也不想，馬上就拉上車門。大學生還把笑臉貼到窗上猛敲，但車子馬上離開現場，後方還傳來射擊聲。

車子後面的擋風玻璃被對方開槍擊碎，莉穎縮著身體動也不動，但身旁的男士卻臨危不亂，繼續邊駕車邊閃避攻擊。

直到槍聲真的遠去為止。

「剛才謝謝……」

因為放鬆而整個人癱在座椅上的莉穎感激得大哭起來。車主沒回話，但抽了張面紙交給她。

「先到我家休息一會吧。」

「那些人是誰？為什麼要抓我？我做錯了什麼事……？」

看著好像有點語無倫次的女性，男士給了她輕輕的微笑。

「那些人是『野性狩獵俱樂部』的成員。」

「狩獵？」

「顧名思義，這個組織就是主打保障每個成員享受狩獵遊戲權益的名號，聚集許多人參加的同好會。但除了狩獵動物，人類也是狩獵的目標。」

莉穎除了恐懼，還打從心底感到作嘔。

「所以為什麼要獵我？」

「不知道，可是剛好妳闖進了獵場所以就被當成獵物吧。這世界上有許多不把人當人看的人渣。」男士搖頭：

「不過，他們再怎麼樣也沒有在白天狩獵人類的膽量。在那些人自己離開前，還是先在我家休息吧。」

如今沒有別的選擇，她也只好這麼答應。

救命男性的住處相當整齊，全家乾淨得像剛剛才擦過一樣。

她坐在客廳沙發上喘氣，而溫和的男性禮貌地問：「要喝杯飲料嗎？」

驚甫未定的她點頭。男性也溫和一笑，沉默地走進廚房。

逃離一劫的她思考著接下來該怎麼辦。

這時，男士拿著醫藥箱與一杯散發著酒香的熱飲出來。

「這是熱紅酒。喝了可以讓身體放鬆。」

她聞聞裡面散發出來的香料氣息，接著喝了幾口。

好喝……讓人心情很放鬆。她從醫藥箱裡拿出紗布，沾了藥水替自己剛才被打傷的傷口消毒。

接下來要怎麼辦呢？她納悶。

準備開口向眼前男士借電話報警的莉穎，她的話卻被某處傳來叫聲打斷。

莉穎本來以為聽錯了，結果仔細一聽，那聲音是從前面房門傳出的。而且聲音持續喊叫，不像同居人。

剛才的男性進廚房後一直沒反應。莉穎悄悄站起，想把耳朵貼在門板上聽仔細……

「我抓到妳囉！」

玻璃窗突然被砸破，三人動作俐落地爬進來，公狗男一副要發情似的死抓著她不放，暴怒男則撞開剛才的門，把裡面一個全身被綁而且全身瘀青的女人拖出來。

不顧莉穎掙扎尖叫，大學生笑著說：「他已經抓了一隻獵物耶，要不要把他的戰利品一起帶走啊？」

什麼？

這個男人的房間裡面，也有其他被抓的女性。

莉穎聞言掙扎得更厲害。這些人……這個世上竟有讓人作噁到這種程度的人！

原來自己跟房裡的女生都只是狩獵的戰利品，他們根本沒有道德觀！而且原本以為是救命恩人的人……居然也是狩獵者。

「話都是你們在講，你們把我放哪去了！」

「好嘛，別生氣嘛，反正都歸我也不會死嘛！」

「快忍不住了……」公狗男的表情就像想直接脫了莉穎的褲子享受一番。

哪一邊都只剩絕望了嗎……

莉穎放棄了，她無法想像在這之後的事，她的人生完蛋了。

「你們這是非法入侵呢。」

一直沒反應的男性現身了，他什麼都沒拿，只是靜靜宣告。

「哇，好強好厲害喔！」大學生笑著鼓掌：「不然你想怎樣？」

「把那兩個人放下，順便留下賠償窗戶的錢，你們全部離開。」

大學生像過動兒興奮地拍手，但另外兩人就不想和男人搭話，舉起槍就扣下扳機。

但兩人反而先倒下了。

他們背後都被鋼針貫穿，大學生笑著看自己被射穿的腿，開心地叫：「哇，我留了好多血喔！好爽好爽！」

針是從沙發後的機關射出來的，男性又按下按鈕，然後看著他笑著掙扎，最後目視著邊笑邊成為張大嘴流滿口水的屍體。

男性把莉穎扶起來，但她驚嚇過度，連掙扎都忘了。

他笑了，然後拿著繩子溫柔地把她綁住。

「你幹嘛……」

他已經換上另一件卡其色運動裝，上面也繡著一隻抓著獵槍的狼。

「為什麼……」

她的聲音裡只剩下絕望：「為什麼是我……」

「因為妳正好進入了我的狩獵範圍。」

她被男性拖進房間，裡面除了剛才的女性還有別的人。

流浪漢、學生、上班族，十幾個被男士抓起來的人裡面，還不乏有同樣戴著獵槍狼臂章的男性獵人。

有些只是倒在地上，但有些是只剩頭顱變成剝製標本裝飾在牆上。

「只要是我喜歡的獵物，就算同樣是獵人我也照獵不誤。」他得意地宣言。

「但我是只對女性溫柔的紳士，所以只對男人動粗。」

藏在善意背後的欲望和溫和的笑容一塊綻放。

「我很溫柔的，就算對獵物也是一樣的，相信我。」

嘴被布團塞住的莉穎哭泣著，這回真的沒有人能救她了。

當她失去意識，視界變得模糊時，她看到原本溫柔的男士已拿起一把鋸子，準備取下她的頭。

然後她再也沒看過一絲光明。

Hypergraphia 多寫症

If you can't stop writing, you may have got hypergraphia.

過去的職業作家，每天都要寫五千字到差不多一萬字才算合格。

但那種輕鬆的時代過去了。現在是每天都要寫三萬字出來的時代。

一踏進出版社的地下室大門，有如地獄般的血腥光景便在我面前展開。

出版社旗下的所有作家們，全部都被囚禁在這些像廁所隔間大小的房間裡面，像發了瘋般不停敲著鍵盤。

「這是怎麼回事？」

「為了能激發老師們靈感，同時讓老師們能更專心寫作，我們編輯部把老師們全部集中在這裡，每天不寫出三萬字就無法休息！」

我望向最靠近門口的房間，裡面的作家是看起來大約二十歲的少年，他的雙腳被腳鐐銬住，他的責任編輯站在那裡，用鉗子不停戳他的臉：

「快寫！今天不寫三萬字出來的話，我就拔了你的指甲！」

「為什麼要把他們逼到這種地步啊？」我不解地問身旁的編輯。

「現在是不管哪個業界都在競爭的時代嘛，」他一笑置之：「你去看看小說網站，那些熱門作家每個人都嘛要寫三萬字，不然是無法飢渴焦躁的讀者的！」

「原來現代人每天都能看三萬字啊？」

無視我疑惑的意見，編輯帶著我到下一個房間。

裡面有個戴著眼鏡的紫短髮年輕女性。不過她沒有在桌子前寫作，而是被鐵鍊綁在牆上。她的編輯手上抓著鐵鞭不停鞭打老師，還怒罵：「快點繼續寫小說啦，妳這該死的母豬！除了動筆一無是處的家畜！不會寫小說就比狗屎還低等的存在！」

牆上的老師發出愉悅的叫聲，呻吟著：「我……我想到……靈感了……」

「那快寫下來啦，妳這掛名作家的賤人！我家養的狗都比妳還能幹，但妳至今寫的小說比我早上拉出的屎還不如！妳還要製造只能送進資源回收廠的廢棄物製造多久啊！」

看著她被鞭打加上被編輯辱罵還很愉快的模樣，編輯解釋：「她是要被打才會產生靈感的情欲小說作家。」

不就是重度被虐狂嗎？我內心吐槽，切入正題：「所以，編輯您叫我這裡的理由是什麼？」

到剛才為止看起來還算輕鬆的編輯，總算露出一點愁容。

「因為目前的方法，已經快讓老師們寫不出三萬字了。」

房間裡還有被綁在電椅上，試圖用通電激發腦袋靈感的作家；也有用頭撞牆壁撞到只能跪在牆邊大哭的作家；更有用管子吸食火烤過的謎之白粉或服用充滿神妙的藥丸，想藉此得到靈感的作家。

「我們讓老師們試了各種突破自我的方法，但是也已經到了極限……因此才找上神經內科醫生的您來幫忙。或許您知道什麼方法可以改造老師們的腦，讓他們能寫得更順利。」

我也只能用傷腦筋的表情回應他。

「這個是屬於文學的範圍，找醫生來處理也太……」

說到一半，我的腦海中閃過一絲可能。

「但我想到一個可能很適合當作家的人。」

這次換編輯到醫院來了。

站在病房前，我警告：「把所能用來寫字的東西全部收起來，會流血的傷口也要包紮好別讓他看到。」

編輯把筆都丟在外面後，這才跟我一塊進來。

「啊！」編輯看到眼前景象也嚇了一跳。

從地板、牆面到病床上的棉被，所有空白的地方全部都寫滿了字。

有個穿著病人綠袍，完全光頭的男性趴在地上書寫。

清潔阿姨每天辛苦地把他寫的字拖乾淨，結果十分鐘後又再次寫滿。那個光頭男性手中抓著眉筆在地上不停書寫，注意到我們進來後抬頭看了一下，又低頭繼續寫。

「這個人是嚴重的多寫症患者。」我介紹：「所謂的多寫症是賈許溫德症候群（Geschwind syndrome）的併發症之一，簡單來說，患者控制不住想寫東西的衝動並不停書寫。但據說梵谷這樣的天才藝術家也因為患有多寫症才會湧現創作欲，只要善加教導他寫小說的知識，他肯定也能成為出色的作家。」

從住院三個月至今，我試過各種治療方法，但是沒有一項能讓他的書寫衝動停下來。或許讓他到出版社去，也算是適才適用吧。

「他都寫些什麼樣的內容？」

「大都是他自己過去的記憶，有時也會寫些像從雜誌上看來的文章的東西。」

編輯們看著他出神寫字的樣子，表情滿意。

「那就讓這個人接受教育訓練吧。」

「或許讓他代替老師們來記錄文字也是不錯的選擇。」我建議。

因為這個男人的親屬把他丟來醫院後便斷絕聯絡，同時這個男人在見到出版社的人之後，自己也拒絕繼續治療下去。在簽下自主出院同意書後，多寫症患者直接被出版社的人帶走，打掃阿姨終於不用每天為他寫的字傷腦筋了。

過了一個月。

出版社的人打電話來致謝，因為他已經寫出了大約五本份量的原稿，實力可說是超越了關在地下室裡的那些作家。

再過一個月。

這次是收到出版社寄來的多寫症患者新書。但我工作忙碌，他的新作我只是丟在桌邊沒有翻閱。

幾天後，終於輪到我休假了。為了關心患者到出版社的發展狀況，我決定自己到出版社去看他。

不過出版社今天異常地安靜。

我知道編輯平時應該都在地下室拷問作家，但其他人都不在也太奇怪。

我來到地下室，但一拉開防止作家脫逃的鐵門，我立刻察覺空氣中的血味好像比我第一次來的時候更濃了。

走下樓梯，聲音也比平常安靜。我試著在黑暗中尋找患者蹤影，但其他房間竟沒傳來作家們的哀嚎，這點就很詭異。

我聽到那個患者哼歌的聲音。

朝著聲音走去，我不敢大意。

往前走一步，我的腳邊卻踩到不明物體。我從口袋拿出手機，用手機的光線一照。

我看到站在作者之上的編輯，他的臉因為失去血色幾乎一片蒼白，無力地倒在地上。

「救我……拜託你救我……」

平常連拷問作家都能平心靜氣對待的編輯，此時竟然抓著我的腳踝，像嬰兒一樣失措地大聲哭著。

「怎麼了？」

「那個多寫症的新人……他……」

編輯說到一半，因為失血過多而失去力氣癱倒在地上。

地下室深處，傳來吸滿水分的紙丟到地上的聲音。

光頭患者把血書原稿整理好，帶著清爽的表情走出房間。其他房間裡散落著別的作家的屍體，血都被他抽光了，有的全裸屍體還用血在身上寫滿文字，讓人想到日本的無耳芳一鬼故事。

「用掉編輯的血，總算趕出最新一集的稿子了。」

把不用打字而是手寫的原稿裝訂好，他突然停下腳步。

「對了，交稿之前先把寫下一集要用的材料準備好吧！」

他轉身，撿起掉在地上用來拷問的棍子，接著舉起棍子朝我衝過來，用力揮棍。

我用力抵抗，眼前的患者眼中除了寫作的欲望什麼都沒有，那是最純粹的衝動還有瘋狂。

「停下來……要寫就用手寫還有打字的！」

「用完了，他們準備材料的速度趕不上我寫作的速度，所以來不及了！誰也無法阻止我！我心中已經充滿了愉悅！」

他臉上帶著想把我身體扭斷，用我的手骨沾血在原稿上寫字的殺意。

「我的腦袋以前只會因為非得寫些什麼而苦惱，但現在卻可以因為有想寫的東西而感到開心！我忍不住了、我只想寫更多作品……」

他的力氣太大，我幾乎快壓制不住。

以前他在病房裡面找不到能用的書寫工具時，就曾經用小刀劃開自己的手臂，再用刀片沾血寫字。

「這麼想寫的話……」

想起這件事，我抓起掉在地上的玻璃碎片。

「用你自己的來寫啦！」

我用碎片朝他的臉頰用力劃下去。

鮮紅的液體從他的臉頰滲出。他摸了一下，發現自己流血以後，臉上竟露出狂喜的表情。

「有可以寫字的墨水了……有墨水了！」

他衝回自己的牢房裡，抓起還沒用過的原稿紙開始用自己的血書寫下一份原稿。

我愣愣站在外面看著他寫稿的樣子，他抓著碎片把自己臉上的傷口割大，流下更多的血來，然後用血不停書寫更多的故事……

這樣子的過程持續了三小時，直到他自己也失血過多昏厥過去為止。

看著他那份血書原稿，我忍不住嘆息。

這個時代真的是什麼樣的作家都在耗費生命力寫作的時代。

Interbreed
混種

Interbreeding is a way to create a new hope…… or a new disaster.

鐵灰色的球形爐裡面，不停傳來牛、老虎、獵豹、狗、羊、鳥甚至人的哀嚎聲。金知榮博士滿意地用X光、紅外線等探測生體反應的儀器監視內部反應，包括三位助手和博士本人在內，沒人知道接下來會發生什麼事。

「博士……停止混種實驗吧！」從剛才就一直用手帕擦汗的男性助手，用恐懼的聲色勸道：「要是失敗的話，先前的成品IB5837號和其他動物都會死！」

「科學的進步本來就會伴隨犧牲。」金知榮博士平和地回答：「再說，重要的不是這些動物，而是這台只要有動物的體液基因就能夠自由地混合並創造空前絕後的超級生物的機器，為學界帶來大突破的實驗！」

助手無言以對。眼前的球形機械直徑有五公尺，在這個跟房間一樣大的空間裡，已經塞進了數十種野生動物和一個人類。他曾看過機械內部，裡面佈滿了為了抽取生物體液而伸出的原子筆大小針頭，在裡面全身被針頭貫穿就只有活地獄可以形容。

IB5837是上上回實驗的成品。牠混合了狗的頭部、身體和吳郭魚尾巴與魚鰭，牠內部的呼吸器官也和魚一樣需在水中呼吸，這四不像的畜生直到進去前都在靠呼吸設備苟延殘喘著。

「博士……這台機器能混種出來的不就只有噁心的怪物嗎？」強忍不適感的女性助手用袖口掩著嘴問道。

「現在你看到的每一種生物，在過去牠們剛誕生的時代也都曾被視為『怪物』。這本來就是新物種出現時會經歷的過程。」

「混種」的過程還不知道要持續多久。動物們的嚎叫越來越微弱，連人類的聲音也幾乎快聽不見。取而代之的是液體冒泡聲、機器振動聲、搖晃聲還有像骨折般聽了就覺得痛的聲音。

這種破壞的過程怎麼樣都無法讓人聯想到混種這種需要長時間的工程。但金知榮博士不只辦到用破壞生物身體來混種的方式，而且不被世人允許的實驗依然進行中。

「請問……裡面那個人真的是自願進去的嗎？」

金知榮博士的回答避重就輕：「沒錯。」

「可是沒有人會參加這種必死無疑的人體試驗吧！」那助理發顫著，不安地大叫：「這種實驗讓人類來做也太不人道了！」

「一切都是經過本人同意才進行的。」

「人死了怎麼辦！」剛才的男性助手也跟著吼道：「我們不想變成殺人犯！」

「住口！裡面那個人參加混種實驗是合法的！」

金知榮博士用咆吼打斷一切質疑。「你們是來實驗還是來聊八卦的？不准再讓我聽到這個問題！」

因為吼得太大聲，博士不禁咳了好幾聲。他抓起桌上的藥丸和水，一邊咳一邊灌了好幾口水。

「我沒事……」博士臉色難看地面向機器。他有遺傳性支氣管疾病，每次在實驗現場幾乎都是非常不舒服的樣子。

「只要再過五分鐘，全新的生物就要誕生了！」

圓球震動得越來越厲害，連內部各種動物的叫聲也逐漸統合成同一個聲音。那是超級淒厲的叫聲，聲音中還混著痛苦的咳嗽與喘不過氣的聲音。

沉默的男助手吐出了一句話：「這麼一來，我好像想到一件事。」

博士全神貫注地望著機器，任憑他繼續說著：「博士好像也有個同樣有支氣管疾病的孩子，那個孩子好像到現在都在醫院治療。」

助手們平靜地聽著，他接著道：「不過，博士後來不是因為研究花的經費太多，連帶地拖累了自家經濟狀況嗎？那個孩子也在外面被酒駕司機撞到半身不遂，所以……」

「叫你們住口聽不懂嗎！」

某個關鍵字好像刺中金知榮博士的痛處，他轉身朝多嘴的助手揮了一拳，接著拉住他的領子，用力把他摔到旁邊修理機械的工具堆上。男助手沒想到博士會突然暴怒，慌張地想伸手反抗，金知榮博士也用力摀住他的嘴，像是想阻止他說什麼一般死也不放手。

「你說我的孩子怎麼了？啊！？」

「走開！」助理對博士的信任感也逐漸崩潰：「你也隱瞞了我們很多事情，那些動物還有人的來源一切都不清不楚，難道我們要看著你殺人也不聞不問嗎！」

「不准亂講！參加實驗的人不會死，所以這不是殺人！」

「那你為什麼死都不說那個人是誰啊？」

剩餘兩名助手站在博士身後，他們也同樣在等待博士的回答。

咬著牙的博士鬆開這個月才聘請來的助手，再次轉身面向圓球。

「你們猜的沒錯。裡面的人是我的親人。」

「那麼這是什麼意思？」助手沒好氣地從地上站起來，再次抓住博士的手臂：「因為你的兒子已經沒有錢醫了，所以就把他丟進去當白老鼠嗎？」

「事情不是這樣子的！」金知榮博士大聲斥責：「連這場混種實驗的目的都沒搞清楚，你們就閉上你們的嘴巴！」

三人全都靜靜等待博士的回答。這場實驗殺害的動物實在太多，就算取得政府許可也無法太張揚；但就是因為不會張揚，裡面埋藏了什麼祕密連助手自己也搞不太清楚。

「那個人……真的是博士的兒子嗎？」女性助手記得方才把那個約二十歲男子送進去時，還是兩個人一起攙扶他進去的。

「在回答這問題前，你們對『混種』的目的是怎麼看的？」

金知榮博士用沉穩的聲音反問。

「混種……為了試驗異種動物間的基因是不是可以產下孩子……」

「那是其中一個，但混種最大的目的，我認為是培育出更加強大的新生物。就像讓兩種不同的植物混合後，有可能培育出更有生產力的作物，我讓他參加這次的混種，就是為了讓他的身體能夠更加強壯，不只能擺脫病痛折磨，還可以得到更強壯的身體！」

「那種事完全跟混種扯不上關係！」被博士打過的助手嘶吼著反駁。

「我跟先前的開發團隊製造出來的這部混種機械，只要有從動物的體液抽出的基因就可以讓新的生物得到那種動物的能力與特性，沒有比這個更加劃時代的加強身體的方法……要是能讓我的兒子擁有野生動物與生俱來的強韌，不管是這種該死的病……咳咳、還是再怎麼復健也難以康復的身體，全部都臨刃而解！它能融合動物的肉體機能並讓人體短時間內變得更強韌，得到全新的人生！啊……完成了！」

像創造科學怪人般的瘋狂笑容浮現金知榮博士臉龐，他高展雙臂歡迎完成混種程序並打開的艙門，同時，夾帶著叫人作嘔的腥臭的蒸氣也向各個角落四散。

冒著惡臭的鐵球中，龐大野獸的身影搖搖晃晃地走出來。但博士看到他的時候，原本欣喜的笑容卻悄悄變淡了。

女助手看清牠的真面目時，她不禁抱住頭放聲尖叫。

出聲阻止實驗的第三位助手，他也跪倒在地上強忍著快止不住的嘔吐衝動。

「怪物……」

剛才的男助手癱軟跌坐地上，完全失去語言能力。

基本上，混種出來的生物仍勉強保有人形，但牠的身上包含了數十種動物的身體……講白一點，二十多顆動物的頭全都長在看起來腫脹了五倍的四肢上，IB5837的頭也跟牠的膝蓋合體在一起了。

「啊啊……」

沾滿血漬污垢又長滿怪頭的青綠色巨人身上的頭顱蠕動著，不知道是哪顆正在發出呻吟聲。全身像長滿腫瘤的怪人緩緩爬向博士，各種動物的頭齊聲發出哀嚎。

「爸爸……」

怪物明明沒張嘴，卻仍發出模糊的聲音喊著。金知榮博士完全無法接受這種失敗作，邊大口咳嗽邊求援。

「你騙我……我的病沒有好，還變成這樣子……」

怪物張嘴了——但沒想到有顆人頭從原本以為是嘴巴的地方冒出來，血淋淋的臉怨恨地瞪著博士。

「不對、咳咳……這跟預定好的不一樣，只是出了點小差錯，你本來應該會因為獵豹的基因變得更強壯……勇旭，你聽我說……」

「強壯個鳥。」

金勇旭嘴裡伸出來的腦袋發出難聽的吱吱聲，然後長出羊頭與猴頭的右臂用力抓住博士的身體。

「從以前……你自己以為行得通的東西，什麼都硬要塞給我……說可以治支氣管病結果沒用的藥，還有以前……逼著我唸我討厭的醫學系……你強迫我接受的決定……全部都害了我！」

怪物吃力地大口喘氣，卻死也不放開博士的身體。

「對不起……放了我吧？看在我從出生就照顧……咳咳、照顧你到現在的份上，放了我……你殺了我就沒機會變回來了……」

「變回來？」

從嘴裡伸出的頭顱詭異地前後搖晃。

「不要。」

與其說混種，倒不如說是隨便合成的怪物拖著金知榮博士再次往鐵球前進。

「爸爸，一起來體驗混種的感覺吧。」

痛苦的博士完全無法抵抗，只能任憑自己被曾是自己兒子的怪物拖著進入地獄般的鐵球中。

「然後……一起體會我的痛苦……一起結束痛苦的人生……」

金知榮博士的表情因為恐懼而扭曲變形。

「不准這麼做！我是你爸爸，你怎麼可以……」

「那又怎麼可以對我這麼做？」

怪物發出痛苦的咳嗽，接著抓住博士再次回到鐵球之中。

三名助手靜靜聽著鐵球裡面再次傳來的人類哀嚎聲，再過個一小時，兩人會一起變成另一種怪物或因為器官衰竭而死就不得而知。

然後，男性助手說話了。

「科學的進步本來就會伴隨犧牲，對吧？」

其他兩人都同意這句話。

Jogging
慢跑

Endless jogging is really tiring.

每天傍晚在河岸公園慢跑，已經變成我的習慣。

我喜歡邊慢跑邊觀察人群，看他們身上的穿著還有他們互動的樣子，能激發我在設計衣服時的靈感。

整天坐在工作檯前乾想，有時還不如出來讓筋骨運動一下有效。我想所有靠著動腦工作的人都一樣，都要自己出來實際看點什麼才能做出點什麼，用粗俗點的說法，就是要吃東西進去才會有東西拉出來，哈哈。

我口袋裡也放著紙與鉛筆，這樣子才能在想到什麼的時候馬上記錄下來。有時是喘氣時想到，有時是快跑完一圈時想到，靈感這種東西真的說來就來呢。

今天晚霞的顏色很漂亮。我邊跑邊觀察那種漂亮得恰到好處的紫，心裡想著該怎麼形容它。

突然，我的腰間傳來一陣劇痛。

「啊啊啊……！」

我不禁大叫，低頭望向背後。我的運動衫被濕熱的鮮血染紅，身後有個抓著菜刀的流浪漢，他刺了我一刀後，臉上馬上露出得意而猥瑣的笑容。

「哇啊啊啊啊啊啊！」

我頓時失去所有判斷力，只能拚命從這瘋子身邊逃開。

血液不停從我體內流失，我感覺到體力明顯跟著減弱。抓著沾血菜刀的流浪漢也追在我後面。

「救我……」

公園旁邊有慢跑的老人、騎單車的親子、練習投球的孩子，但沒有人望向我這邊，就好像受傷的我被隱形斗篷罩住一樣，若無其事地活動。

有個少年注意到我這邊。但剛對上視線，他隨即嚇得從現場跑開。

「等等、不要跑啊！救我啊！」

儘管伸長手臂，唯一的救星還是跑得無影無蹤。

我壓著仍在流血的傷口，用殘餘力氣跑著。

我不認識那個人，更不明白自己被盯上的理由。

只見那個人還在朝我揮刀，明顯想置我於死地。以前只會在新聞上看到隨機殺人的消息，但做夢也沒想到這種事竟真的發生在我身上。

這時，對方的動作突然變慢了。他空著的左手忽然按住自己的胸口，表情顯得痛苦。

我不明白他怎麼了，但不趁這個時候逃跑的話就死定了。

瘋子的齒縫中也漏出痛苦的聲音。他手中的刀仍沒停下，憤怒地朝我揮舞。

「走開！」我拾起路上石頭要反擊，但握在掌心中的石頭，無預警地穿過我的手掌掉到地上。

「死吧！」

我完全無法明白這一連串可怕事件到底是怎麼回事，暴徒吃力地吼著，但他的手早已瞄不準我。

我想趁勢壓制住暴徒，於是用虛弱的身體壓制住他手中的刀。

我們兩邊都因為痛苦虛弱而無法太大力，搶奪兇器的過程變成了拉鋸戰。我用吃奶的力氣想搶走他的刀，但一用力，血就流得更多，傷口也更痛……

像心臟病發的暴徒護著刀子，不想被我搶去。我虛弱地揍他胸口一拳，他也用同等力道的拳頭奉還。

我死命想搶下他的刀子，他也死抓著不放。

突然，他的手失去力氣。刀子失去反作用力往我自己拉來，結果刺在我自己的肚子上……

「嗚……」

我痛得倒地，暴徒也因為心臟疼痛而倒地。

生命一點一滴地流逝，但旁邊仍然沒有人望向我們，繼續打球、玩飛盤、騎單車、或是談情說愛……

為什麼啊！

我逐漸失去意識，這時一陣風吹來，把一張舊報紙吹到我眼前……

上面印著我跟兇手的照片，標題寫著「河濱公園殺人事件 型男設計師與殺人魔雙亡」。

我……我死了？

我的腦中再也沒有思考的空間，眼前的景象逐漸淡化褪去……

十幾年前，曾有個服裝設計師在傍晚慢跑時，被人用菜刀刺殺。

兇手因為被醫生宣判胃癌末期，他喝醉酒後一怒之下，竟拿菜刀跑到河濱公園隨機刺殺設計師。當時沒有其他人在公園內，失血過多的設計師當場死亡。

但兇手在行兇當下，竟也因為心臟病突發，跟著被害人雙雙在現場死去。

從那之後到現在，還是有人不時會見到死去的兩人出現在路上，一個追殺一個緩慢逃跑，然後一起死掉。

這場沒有盡頭的慢跑，至今仍一直重複著。

Knight 騎士

Sometimes a knight may fight for his enemy.

打倒了一百五十九位騎士的黑魔王的城堡就在眼前。

年僅十九歲的騎士抓緊手中的長劍，不敢大意。那些被魔王打敗的騎士們至今依然被囚禁在堡內，生死不明。

這附近也沒有居民，他們不是死了就是逃跑了。魔王非常殘暴，據說還會抓村民煮湯進補，光是想到這邊就讓騎士怒火中燒。

該是解決掉這個禍害的時候了。

他抓緊長劍，朝著城堡前進。

快到門口時，就有數十隻巨大的灰狼齜牙咧嘴出來迎接。但他只是用他的長劍輕輕一劃，就讓狼群們痛苦倒地掙扎。

他的長劍上塗了劇毒，不管哪種魔物只要稍稍劃到一下就會中毒。雖然好用，但自己也得小心翼翼才行。

據說某個王國的公主，就被囚禁在城堡裡。如果她還活著，現在一定很辛苦吧。

走進城堡內的通道，裡面的敵人卻意外地少。除了幾隻像食人花的植物外，什麼都沒看到。

終於，年輕的騎士來到了魔王所在的大廳。

大廳空蕩蕩一片，除了王座上的魔王以外什麼人都沒有。

「真的趕也趕不完耶，你們這些愚昧的人類！」

出乎意料地，魔王竟然只是個留著紅短髮，身穿普通黑長袍的女孩。等等，既然魔王是女孩的話，那為什麼要抓走公主？

「妳就是魔王嗎？」騎士不敢大意地抓著劍：「妳把村民抓到哪去了？那些騎士呢？快說！」

「我沒有告訴你的義務。」

「再不說的話我就只好用武力逼妳開口了！」

「有種就來啊！不管你是勇者還是騎士，全部都只有變成我的玩具一條路！」少女用藐視的眼神居高臨下看著騎士：

「人類還真是一點學習力都沒有的生物，被打敗了還不知道要跑，還前仆後繼地過來送死？」

「現在連一個部下都沒有的妳，還敢說什麼大話？」

騎士舉起劍無畏地朝魔王衝去。但魔王比外表還要強悍，她從黑袍裡面取出一把剪刀就輕鬆擋下騎士的劍，空著的另一隻手用力抓起騎士的肩膀將他重摔到牆上。

這時，即將撞牆的騎士雙腳一蹬，重新跳回到空中。他從盔甲之中取出數十根毒針，接著準確地朝魔王丟去。

紅髮魔王像打蒼蠅輕鬆地用剪刀擋掉那些毒針。但其中一根還是擦過魔王的手肘皮膚，劃出一道淺淺的傷口。

那一剎那，魔王的左半身突然癱軟，整個人不平衡地倒在地上。

「唔……你做了什麼？」

麻痺從傷口逐漸擴散到全身，接著魔王雙腿一跪，她逐漸失去身上的力氣。

「妳這樣也叫魔王？」騎士重新站起，發出得意的笑聲：「兩三下就幹掉了！」

對了，還有一直被魔王囚禁的公主等著我去拯救啊！騎士往四周看一看，在魔王的王座後面，還有一道緊閉的門。

「等等……不能去……快回來……」

暫時無法動彈的魔王少女伸長了手想阻止騎士，但騎士充耳不聞。

「等一下回過頭再來逼供妳，該死的魔王！」

「不能去啊……」

話還沒說完她已四肢癱軟，身體無力地倒在地上。那根毒針上塗有讓人癱軟的毒藥，短時間內會讓人動彈不得。

騎士步入了黑暗的長廊，頭盔之下的嘴唇勾出喜悅而燦爛笑容。

公主的房間就在長廊的最深處。

推開門，裡面有張巨大的公主床。隔著薄紗帷幕，能看到公主沉睡在裡面。

「公主。」

他輕喚一聲。這時公主翻了個身，彷彿被騎士溫柔的聲音叫醒了。

「我來救妳了，不用害怕，魔王已經被我打倒了，請起來吧。」

騎士來到帷幕前，公主就在裡面，看樣子她平安無事。

「嗯……謝謝你來救我。」

公主伸手揭開了帷幕，但騎士反而不禁露出震驚的表情。

「我已經肚子餓了，想找點東西吃呢。」

公主的臉……不，公主一看就知道不是人類了，它是某種人蔘狀的怪物。它有著像植物的枯黃表皮，身體各處長了不停扭動，不知是觸鬚還是觸手的物體。

「妳、妳到底是……」

「不用擔心這種事，因為你就要死了。」

偽裝成公主的怪物發出超越人類音域的笑聲，接著伸出無數觸鬚抓住騎士。數十根觸鬚像針頭那樣刺穿騎士的盔甲，然後插進騎士的血管裡面，開始吸食騎士的血液。他發出痛苦的慘叫，因為血液正一點一滴從他體內流失，而且觸鬚還在他的體內鑽動著，想要吸食其他地方的體液。

「救命……啊啊啊啊！」

明白自己被騙的瞬間，騎士流下懊悔的眼淚。

他自詡為不管面對什麼樣的敵人都能勝利的騎士，卻怎麼也想不到世界上還有這種超乎想像的怪物存在。

現在的自己，在怪物面前還是跟無力的小動物一樣。

結果現在騎士只能聽著怪物哈哈大笑準備把自己吃掉——

「喝啊啊！」

魔王突然抓著剪刀飛到空中，然後在空中把怪物的觸鬚全部剪斷。

接著，魔王拉起快失去意識的騎士，接著從房間裡逃離。

「別跑啊！」

穿著公主洋裝的人蔘模樣怪物嘶吼著，爬著追趕兩人。

「我要把你們五馬分屍大卸八塊後沾上高級烤肉醬連骨頭都不剩全吃掉！」

人蔘模樣的怪物衝出房門，在長廊上發出吵人的巨響。

魔王與騎士躲在王座後面，等到怪物衝出城堡後才暫時出來。

「妳為什麼要救我？」騎士忍著痛楚，問。

「當然是阻止你被牠吸乾啊。」

雖然中了劇毒，但為了阻止騎士被怪物吸乾，她還是用盡全力趕來了。

「妳有什麼目的？真正的公主又在哪？說！」

仍有點搖搖晃晃的魔王這時露出跟普通女孩沒兩樣的苦笑。

「那東西就是公主。只是她出現的時候，早就被外星魔物附身了。」

「外星魔物？」

「跟我來看看就知道了。」

本來應該是敵人的少女往另一道走廊走去。騎士看了門口一眼，然後跟上。

兩人走了近四分鐘，來到另一間小房間前。

「看到後別吐了。」

她打開門，一陣濃厚的腐肉氣味朝騎士直衝而來。

裡面有大量全身水分被吸乾，還維持著死時張大嘴巴模樣的乾屍。如果不說的話，騎士大概還以為那些都是長得像人形的枯木。

從數量來看，被牠吸乾血的被害人至少有兩百多人。其中還有不少乾屍還穿著盔甲，他們都是那些進城後失蹤的騎士。

「這些都是那個公主幹的？」騎士掩著嘴，他一生從沒見過這麼多屍體：「妳是魔王吧，為什麼不阻止牠？」

「對，我本來是魔王。但現在只是幫那隻魔物準備食物的傭人。」

前任魔王看著腳下曾經是部下的屍體，嘆了深深一口氣。

「魔物喜歡吸血，雖然我的部下奮死抵抗，但魔物只花了快二十秒的時間，就把她體內的血吸乾了。」

那之後，菜瓜布般乾癟的屍體被魔物拋開，看都不看一眼。

「魔物只把我留下來，要我繼續假扮魔王的樣子吸引勇者與騎士上門，然後讓牠飽餐一頓。我也是受害者，知道了就趁牠還沒回來前逃跑吧。」

騎士沒有動。

「妳真的不是跟那隻怪物一夥的吧？」

「真的是的話我剛才幹嘛救你？」

他同意地稍稍頷首，喃喃自語著。

「我有個好辦法。」

在外面沒發現兩人蹤影後，穿著公主裝的人蔘怪物回到城堡中，這時抓著剪刀的魔王正獨自一人站在王座前面，擺出準備對抗的姿勢。

「妳竟敢放走我的晚餐！」怪物發出讓四周窗戶都跟著震動的吼聲：「妳想要造反嗎？」

「造反？」魔王少女齒縫間發出了咯咯的笑聲：「這裡本來就是我的城堡，什麼時候主人把侵入的客人趕走變成造反了？」

「區區下人竟然也敢頂嘴！我要把妳也吸乾！」

人蔘怪身上的所有觸鬚全部伸長朝魔王攻擊。魔王用剪刀迅速反擊，剪斷幾根觸鬚，但觸鬚生長的速度更快，它們馬上生長到足以把魔王綁三圈的長度，接著迅速把她五花大綁。

「唔……」

魔王不停掙扎，但觸鬚卻動也不動，不讓她有任何使用剪刀的機會。

「愚蠢的小姑娘，妳連擊中我的力量也沒有！」人蔘準備用觸鬚刺穿她的身體前，還發出飢餓的狂笑。

不過，魔王也跟著發出笑聲。

「咯咯……只有我當然沒辦法啦？」

騎士這時突然從王座的隙縫後跳出來，然後抓著劍要斬斷人蔘怪的觸鬚。

人蔘抬起頭，它的觸鬚用力貫穿眼前的騎士的盔甲，同時把他體內的血與體液全吸出來。騎士的身體無力地癱軟，直到人蔘吸食完畢為止。

「偷襲也是沒用的！」

把騎士吸乾，再把他的屍體捏爛丟到一旁的人蔘放聲大笑：「來幾個都會被吸乾，所以……」

人蔘說到一半，突然失去了力氣。

牠倒在地上，在地上打滾了幾下，但不尋常的麻痺感卻讓牠動不了。

「妳做了什麼……竟敢傷害我寶貴的身體……好大的膽子……」

這時，真正的騎士從王座後面走出來。剛才人蔘原本以為是騎士的東西，事實上只是塞了灌滿毒液的乾屍的盔甲。

「這樣才能讓你把毒液全部吸進體內啊。」

騎士看著自己吸收毒液結果全身麻痺的魔物，接著舉起劍用力斬下。

它的皮膚噴出大量紫紅色的體液，把騎士全身都噴得又腥又臭。

但騎士還是無懼地繼續斬了好幾下，那些從以前到現在被它吸食的鮮紅血液，這時全部像噴泉那樣從它體內噴瀉而出。

比游泳池的水還多的血淹沒整座魔王廳，騎士感覺連空氣好像都變成血紅色了。

「沒事嗎？」

魔王弄掉身上的觸鬚，看著被噴得滿身鮮血的騎士，問道。

他抹掉臉上那些不知道在人蔘體內累積多久的臭血，點點頭。

保險起見，魔王也朝魔物身上捅了幾刀，確認它真的死掉後再望向騎士。

「總之……一切都結束了。」

紅髮少女收起剪刀，朝騎士伸出手。

「你身上臭死了，去洗個澡吧。」

「這怎麼好意思，畢竟我本來是要來討伐妳的……」

「現在知道我不是那麼可怕的人了吧。還有，我不介意。」

魔王輕輕抹掉騎士臉頰上的血，然後捧起他的頭。

「對我來說，你就是幫助我脫離怪物掌控的騎士啊。」

魔王輕輕地吻上騎士的嘴脣。

三個月後，年輕的騎士跟魔王女孩結婚，過著不算幸福但還愉快的生活。

Libation
祭奠

Blood is the libation to the anger of masses.

黑暗中的燈光一開，刺眼的光線便照進年輕的上班族的眼球中。

他的手被鐵鍊綁在椅子上，嘴巴被膠布貼上。幾十名頭上戴著全罩式毛帽的人圍在他旁邊，用準備審判罪人的眼神望著他。

上班族完全不知道自己為何在這裡的理由，嘴上的膠布一撕掉，他憤怒而困惑地對著高高在上的人群喊道：

「放我出去！你們想搶劫嗎？還是有什麼誤會……」

「閉嘴，不知悔改的惡人！」

毛線帽男子們粗暴地用鐵棍敲他的背，讓他痛得跌倒在地。男子們把他的椅子重新拉起來，好讓中央的男子繼續看著上班族。

中央高大的男子如聖人憐憫的眼神望著他，接著手中舉起手中的物體。

那是幾個月前一篇車禍事故的新聞報導。

「還記得三個月前的某天下午，你在非洲銀行門口的路上準備下車，結果因為你開車門時沒有注意後方，害另一名機車騎士閃避不及撞上另一輛經過的轎車，造成三人重傷的事嗎？」

「那個已經進入法律程序，我也在打官司準備解決……」

剛說完「決」字，部下馬上再用鐵棍從背後重擊。他痛得大叫倒在前方地上，連站起身的力氣都沒有。

「你這種只顧著自己，罔顧其他人生命安全的人也敢打官司！？」應該是首領的男子義正辭嚴地叫道：

「你看到這篇新聞了嗎？一個孝順的兒子因為你的疏忽，結果現在變成植物人只能躺在床上，讓可憐的父母在他的床邊哭泣！轎車車主也因為你，結果顱內出血昏迷中，你就是這場悲劇的始作俑者！」

男子們開始用鐵棍、酒瓶猛烈毆打上班族。無法反抗的上班族頓時血流滿面，發出痛苦的慘叫。

旁邊有個人正用手機拍攝這一切。然後轉播的畫面傳送到直播網站上。

「爽啦」、「把這個殺人的廢物清除掉」、「我要求立刻處決這隻蛆蟲！」、「死三寶活該、罪有應得！」

諸如此類的評論，不停在螢幕上彈跳著。男子確認了上面的內容後，滿意地點點頭。

「罪人，你究竟願不願意痛改前非？」男子仍以師長之口吻確認。

「我先前已經說了我不是故意的……還有你們是誰，那個騎士的朋友嗎？想尋仇是不是！」

「閉嘴！殺了人才辯解自己不是故意的，那全世界的恐怖份子不就都能無罪釋放了？」其中一個女生用高亢而藐視的聲音說道：

「這個直播頻道上有九成以上的觀眾都希望你這種爛人禍害趕快死一死，因為為了讓社會更加良善，一定要讓大家看到制裁的一幕才行！」

說完，後方男子將舉到空中的磚塊用力揮下，發出結實的碰撞聲。

「啊啊啊啊啊……！」

毆打的痛楚迅速擴散到整顆腦袋，上班族像拉出來的蛔蟲那樣痛得摔倒在地上扭來扭去，毛帽男們仔細拍攝著他痛苦掙扎的樣子，網站上的評論更熱鬧了。

「處刑！處刑！處刑！處刑！處刑！處刑……」

現場響起了殺意與興奮混合在一起的呼聲，就因為他亂開車門害騎士車禍重傷這件事。

上班族已經沒有餘力思考為什麼，他只想趕快從這場超現實惡夢中醒來。

「我們當然不會只替觀眾準備這種屁孩幹架等級的表演啦！」

剛才的高中女生又走出來。她打開手中的寶特瓶，在上班族的頭髮上淋上汽油，接著點火燃燒。

「看到了沒？禍害社會的爛人正在燃燒喔！燃燒吧！燃燒吧！」她高聲唱著。

螢幕上的評論也跟著更high了。

上班族甚至忘記剛才被毆打的疼痛，發出苦痛的叫聲。

「快幫我啊啊啊！好燙、我的頭！住手……我要水……」

「接著，讓這個混球接受烙印之刑。」男子無情地宣布。

「等一下！你們放開我……我根本就沒害死人，為什麼要這樣對我？」

「你是說剛好沒害死人就不用受制裁嗎！」高大的男子怒吼：

「有人做了同樣的事害得受害者死了！你的所作所為就是殺人，殺人就必須以等量的鮮血獻祭給這個世界！」

「那你們去抓那些殺人犯啊！」

「殺一百個小惡人等於除掉一個大惡，就是我們的精神！」

男子被架到火爐旁邊，那裡放著已經燒紅的馬蹄鐵塊。行刑人夾起鐵塊，走向像蟲扭動掙扎的男子身旁，然後把滾燙鐵塊強押在他背上。

「啊啊啊啊啊！」

因為亂開車門害得好幾人家庭破碎的上班族，因燒灼的痛苦當場昏死過去。

「這個有病的罪人看來是沒救了，直接讓各位觀眾們收看期待已久的處刑吧！為了感謝這個直播頻道的訂閱數突破三萬人，今天最可愛的主持人小虐將要替大家加碼讓大家看點不一樣的東西喲！」

自稱是直播頻道主持人的少女，從口袋中掏出一只香水瓶大小的瓶子。

「今天準備的這種像水的東西叫做『塔崩』（Tabun），在兩伊戰爭的時候曾用來當作化學武器使用的物質，只要吸一點點就會造成中毒現象，今天就來實驗一下，把這種物質直接注入他的鼻子會怎麼樣！」

小虐把帶著一點淡淡水果香的液體用針筒吸起，接著換上防毒面具的男子接過它，粗暴地拉起上班族的頭髮，朝著上班族的鼻孔進行注射。

「忘記說了，這種物質在進入人體後，會讓人在一到十分鐘就死掉喔！」

上班族的身體開始痙攣，他嚴重發抖的手想抓住男子的帽子，但他的軀體已經失去力氣，意識也變得模糊。

他開始像被丟到岸上的魚在地上扭動，在過了一、兩分鐘後，他短短三十五年的生命劃下了句點。

直播頻道上爆出大量的歡呼與讚美評論。

「在馬路上恣意殺人的壞蛋，終於得到應有的制裁！」小虐用新興宗教的教宗般熱狂的聲音大喊：

「為了讓大家看到這個社會真的有變得更美好，我們接下來也會繼續努力下去！」

全員開始鼓掌，世界各地透過暗網收看這個直播頻道的觀眾們的情緒，同樣沸騰到最高點。

而這個飢渴而憤怒的社會，需要有人的鮮血來當作獻祭。

Migration 遷徙

Human has a war with the alien birds.

時間正好是下午三點再過一點點。傑夫點了根菸，把手中的子彈全裝填進獵槍裡面後，朝空中吐了口煙。

整座農場的人現在也跟傑夫一樣不敢大意。他們的手邊不是抓著槍，就是刀、電鋸或其他武器。

因為他們明白，每隔二十一年就會出現一次的可怕敵人，就要在幾小時內再次出現。

「這菸曾掉到水裡面嗎？抽起來味道真不爽快。」他對著身旁的格雷迪問道。他現在正在吃剛切好的馬鈴薯沙拉打發時間，如果今天的戰鬥能成功的話，明天就能把農舍裡養的那頭畜牲宰來慶祝了。

「可能最近潮濕了點。」他聳肩，然後再塞了一口沙拉到嘴裡。

太陽正在斜前方火辣地照著全員的臉。那群東西有可能在幾分鐘內出現，也有可能等到傑夫連菸都抽完快睡著前出現。

根據記錄，二十一年前牠們是在午夜裡出現的。至於四十二年前，則是在夕陽西下的時候成群出現在空中。

歷史上，怪鳥們出現在這一帶的最早記錄，則是兩百五十二年前，算算牠們來這顆星球十二次了。

目前最有力的假說推測牠們是某種來自其他星系的鳥類。這群外星鳥擁有扭曲空間的能力，每隔一段時間就會創造類似黑洞的通道來到地球，在地球上捕食、居住還有肆虐一陣後，再開啟同樣的通道，整群消失不見。

這群鳥類無所不吃，植物不用說，肉類也是牠們的最愛。傑夫的爺爺也曾被這群怪物襲擊過，差點整隻左臂都不見了。

為了避免重蹈爺爺的覆轍，傑夫才準備了手邊這套超合金護腕。要是怪物敢來咬的話，保證咬得牠們牙掉滿地。前提是牠們真的要有牙。

總之，牠們就很像這顆星球上遷徙的候鳥。在牠們原本的星球上的食物不足時，就成群遷徙到別的星球上繼續吃東西。

六十三年前那次，農場還有附近的城鎮都被這群怪物襲擊。當時的鎮民們跟牠們打了快一星期，在犧牲了十幾人還有五十多萬顆子彈後，才把牠們從這顆星球上趕走。

但就像鳥類會繁殖，每隔二十一年就出現一次的怪物群們數量絲毫不減。

為了保護地球，這是一場絕對不可以輸的戰爭。

「快點出來，然後我要把你們全宰了做成今晚的烤肉。」

傑夫哼著歌，把獵槍扛在肩上。其他人用的武器是攻擊力更強的機槍，但身為平常喜歡到野外打幾隻兔子來下菜的獵人，用一次一發的獵槍是傑夫的堅持。

農場裡還有其他人在做戰爭準備。走進倉庫，吉娜這時正在高高的架子邊來回走著。

「歡迎貴客的大餐準備好了嗎？」

吉娜瞧了傑夫一眼，點點頭：「我特別選了農場裡養得最好的幾隻呢。」

「真可惜，本來是打算宰來賣後，留些肉在烤肉派對上享用的。」

「你忘記是誰說要用肉當誘餌吸引那些怪物的？」

架子上掛著無數勾子，上面吊著好幾隻已經放血放乾的雞。再上面則是生豬肉還有其他牲畜的肉。因為怪物們每次一出現，反應都非常飢渴地吃著所有見到的食物，因此這座掛滿肉塊的架子會是完美的餌。

「沒辦法……到時只好把那些臭鳥丟進烤爐了。」

看著犧牲的食材，傑夫不禁搖頭。他上個月去超市買的上好烤肉沾醬，可能要再等一陣子才能用了。

生肉的血腥味道有倉庫的稻草味混在一塊，讓傑夫想起二十一年前他仍是個屁孩時，幫老爸切肉的往事。

老爸現在住在外地，打怪物的重責大任就落在自己身上。怪鳥開啟的異空間通道只會出現在這座城鎮上，就算說今天的戰爭是二十一年一次的慶典也不為過。

「等會把大餐布置完，就把架子推到廣場上。推不動的話外面那幾個年輕人可以叫來幫忙，他們閒得很呢。」

「別以為農場工作的女人都軟弱無力。」吉娜反擊。

其他地方也有人忙著。像布置掩護用的牆，確認彈藥、聯絡網，還有準備消毒工具與挖掩埋死屍用的坑。天曉得這些外星鳥身上有什麼致命細菌。

再來，就是等遷徙的候鳥上門。

時間不知不覺來到晚間七點。

周圍點起了營火照明，傑夫把幾塊用剩的肉放在烤架上烤，刷上烤肉醬後送進口中。

其他吃過晚餐的成員已經來到崗位上埋伏等待。

依照歷史記錄，最晚在三小時內牠們就會出現。這種不知何時要開始廝殺的氣氛，讓傑夫腦中亢奮不已。

在他正好吞下最後一口肉，點了根新的香菸的剎那，同伴大喊：「在那邊！」

他抓起獵槍，順著同伴手指的方向望去。在約一公里外，十層樓高左右的空中，有個泛著不屬於自然界紫光的圓形通道浮現了。

一群看似遠古翼龍，翅膀張開時竟然長達三公尺的巨大怪鳥，正從通道之中整群飛出來。

牠們身上不知道是羽毛還是毛皮的外表，在夜間的月亮照射之下，反射出無法引起任何食慾的紫色。長長的鳥喙表面，反射著像金屬的光澤。

大鳥們一來到地球上空，馬上就降落到地面。牠們發出的聲音就算不懂外星鳥語的生物，也明白牠們正受飢餓所苦。

所以牠們最先來包圍的就是整座農場花了幾天準備好，掛滿肥肉的架子。

牠們開始大口啃食目標，高級的肉塊只在短短三秒間就被吃得一乾二淨，但牠們進食的時候就是最鬆懈的時候，埋伏在四周的夥伴們，馬上用架好的機槍掃射——

砰砰砰砰砰砰砰砰砰砰砰砰砰——

一大群怪鳥剛來地球的第一頓飯都還沒吃完，就被地球上兇猛的原住民們用槍狙殺了。

傑夫舉起擦了好久的獵槍，瞄準牠們腹部要害，一槍就打死一隻比自己體積大上四、五倍的鳥。他的子彈是特製的，連水泥牆都能打穿。

鳥群陷入混亂，但這才是血腥活動的開始。

多虧現在科技進步，百年前不存在的兵器現在都能拿來招呼貴客了。格雷迪坐在家用雷射砲台上，朝著空中的大標靶發射鮮紅的雷射，在兇暴地想啄他的大鳥們身上打穿大洞。

傑夫站在適合射擊的近距離，熟練地對著頭頂的怪鳥開槍。怪鳥們像骨牌般接連倒下，正好把子彈用完的傑夫吐了口煙，對著地上的鳥屍嘲弄：

「慢到我都已經可以瞄準你們的翅膀然後射擊呢。」

但傑夫沒有鬆懈。其他的怪鳥開始吃地上同伴的死屍，然後牠們看起來好像變得更大更壯了……不，事實上真的變壯了。

據歷史記錄，雖然牠們不會自相殘殺，但在有同伴死去，牠們把同伴的屍體吃掉後，就能補充自己的力量。換言之，眼前的敵人只用一發子彈已經打不死了。

「格雷迪、萊特！這些打不死的交給你們，我去打那些還沒變強的！」

他像勇敢的西部牛仔般，抓著另一把裝好子彈的獵槍朝著仍不斷飛出怪鳥的通道方向走去。

那裡已經有群鳥像蝗蟲般瘋狂啃食樹木與地上雜草。傑夫接連射擊，在另一隻打算要去吃同伴屍體前再把牠打死。

「烤肉派對的時間到了！」

他大叫，抓起腰間的汽油彈點燃就丟出去。大量火焰燒起，牠們發出憤怒的叫聲。

一隻怪鳥飛起，充滿怪力的鳥爪用力地撞在傑夫的後腦勺上，一個重心不穩，傑夫跌倒在地板上，牠們帶著看到美味小雞的眼神俯衝下來。

但傑夫馬上舉起槍把牠打爆。這些東西沒完沒了，但這就是戰鬥。

第一把槍的子彈射完了，傑夫就熟練地邊裝填子彈邊用第二把槍繼續射擊。

怪鳥們前仆後繼地衝來，傑夫仍維持兩秒開一槍的節奏。砰砰砰、鳥屍不一會就在面前堆成一座山，傑夫無懼地繼續開槍，讓屍體堆變成掩護的高牆。

「要吃的話，就吃傑夫特製燻肉吧！」

他從自己的上衣外套裡取出幾片大燻肉，接著朝怪鳥們的面前丟去。當然，燻肉大受好評，一下子就被怪鳥們吃光。

把肉吃下肚的鳥類，開始發出痛苦叫聲，接著全部倒地不起。肉浸過附近化學工廠裡的有毒物質，這種物質連小狗舔一口就會立刻暴斃。

在鳥類中毒的同時，傑夫繼續射擊沒吃到肉的怪鳥。約莫半分，飛來的怪鳥就死了三分之一。

噗——

傑夫的手臂突然噴出鮮血。一隻小怪鳥從身後啄傑夫的手臂，讓他痛得不禁大聲喊叫。本來以為只要裝了護腕就夠了，沒想到居然有怪鳥能偷襲自己還咬肉下來。

聞到血味的怪鳥們一擁而上，搶著要吃傑夫的肉。

「哇啊啊啊啊……！」

傑夫發出完全不像人聲的慘叫。大鳥們在他身上亂啄，好幾塊肉都被啄下吃掉了。

在怪鳥們也以為傑夫要死掉之際——

啪！怪鳥們一隻接一隻地爆炸，變成好幾灘冒泡的紫色血。

事實上牠們啄下來的不是傑夫身上的肉，而是他事先黏在身上，內藏小型炸彈的牲畜的肉。

為了引誘他們，傑夫才故意讓小怪鳥襲擊然後假裝倒在地上。

也幸好牠們很容易就能用食物引誘，來了幾次都不長記性，這個作戰才能順利完成。

「營火晚會開始了，童子軍們！」傑夫勇敢無懼的臉龐，在火光的照耀下變得更讓人畏懼。

「現在就讓你們看看這顆星球的生物有多強悍！」

這場戰鬥一直持續了十二小時，直到隔天日出時才結束。

數百隻外星鳥被殺到只剩兩、三隻從原本的異次元通道逃回去。傑夫精疲力竭，他少說也開了上百槍吧。

回到農場，大家的臉上也展露了疲態，但今天的戰鬥跟過去比起來已經算快了。

這顆星球的科技日新月異，武器的威力也與時俱進。相較於兇猛但沒有武器的怪獸，現在是只要受點皮肉傷就能勝利的時代。

「漂亮的一戰！」

傑夫對著操作雷射砲的格雷迪、整夜掃射個沒完的萊特、準備了大量的誘餌的吉娜，還有這座小鎮上許多的夥伴們大喊。

「接著只要把這些屍體焚化掩埋起來，一切就結束了！」

大夥們也朝著傑夫發出愉快的歡呼聲。

「為了慰勞在這裡的各位的辛勞，今天就把我的農場裡養得最肥的動物宰來讓大家當早餐吧！」

原本疲累的夥伴們聽到這句話，馬上恢復精神齊聲歡呼。

吉娜回到農舍裡面，把一隻肥胖而白皙的動物牽出來。

「今天的早餐，就是美洲原生種的人類！」

說到人類，大家布滿血管凹凸不平的腦袋開始興奮地顫動，就像有無數蟲子在他們頭皮鑽動那樣。

「從我們蛇夫星系一族遷徙到這顆地球上生活千年以來，美洲原生種的人類已經是很罕見的品種，但為了這天慶功宴，我為各位把這隻高級品留到現在！」

人類在蛇夫星系一族透過異次元通道來到地球時，地位就從星球食物鏈的支配者，變成跟豬、牛、羊、雞一樣低下的家畜。

在經過千年的宰殺、品種改良後，純種美洲人類已經是花上千萬金加令元也很難買到的珍品。但沒想到在這番擊退入侵者的死鬥後，大家還有口福吃到這麼棒的人肉，讓大家深深感謝自己的人生。

「我要吃他的腿肉！」、「頭皮是我的！」、「我要啃他的手！」

那隻人類恐懼地抬起頭，因為他明白眼前的怪物們正要吃掉自己。

「不要慌，大家都有得吃！吉娜，先把他的肉都弄下來，烤熟了再說吧！」

吉娜點頭，她伸長身上十隻有力的手臂，接著把這隻高級食材的喉嚨給扯開。

Nest 巢

A place looks normal may be the nest of despair.

「幹你現在到底是要不要還錢？」

被在椅子上的中年人被一腳踹倒在地上，不停喘氣。旁邊的討債集團混混把他重新拉起來，嗆道：

「加油啦！你都從欠了五百萬還到剩三十萬了，再努力點三十萬就擠出來了！去銀行還是去跟誰借錢不會喔？」

明明是在中年人自己的家裡，他卻被沒禮貌的客人如此對待。

中年人大口喘氣，擠出斷斷續續的話：「清那四百多萬……我能借的能用的都用完了……我連車都賣了只剩腳踏車……」

「不會把腳踏車也拿去賣喔！」

看起來像老大的人朝他臉上潑一杯水。現在部下們正在他的房子裡面找值錢的東西，但一無所獲。

中年人的家雖還無法以家徒四壁形容，但也很接近了。能賣的東西都已經賣掉，只剩下桌子和幾件連二手家具店也不要的超舊家具。為了還債，中年人已經拼盡全力。

「老大，你看這個！」

有個小弟手裡揚著一張舊紙，走來報告。

菸快抽完的老大把菸蒂丟在地上踩熄，把紙抓來看。

「這是在畫什麼東西？」

老大粗魯地拉起他濕漉漉的頭，把紙攤在他眼前。

那是張地圖。上面只畫了代表道路的線輔以文字標記。一個代表終點的叉叉記號鮮紅地印在右上角。

中年人注意到地圖時，神色突然慌張起來。

「地圖還我，那個是不能碰的！」

「是不能碰什麼？現在是誰在問話啊？」他扒了幾下中年人的臉：「這邊是藏了什麼寶物？有沒有值三十萬？要不要帶我們去參觀看看？」

「那個是不能賣的！拿出來也賣不了多少錢！」

「能不能賣錢是我說了算！」

老大示意小弟替他鬆綁，把他拉起來。

「帶我們去看你藏起來的那個東西，」老大說：「我很好心的啦，只要那些東西有值到三十萬，我直接帶走就讓你抵債！上面不是寫著附近的山嗎？我們現在一起過去啦！」

中年人馬上被討債集團給押上車，朝著地圖上寫的那座山駛去。

「裡面藏了什麼？」旁邊架著他的小弟問。

「是一些古董……」

「幹，你沒騙我吧？」

「我又沒強迫你跟來看……」

「好啦好啦，那種事等看到真的不是再說啦！」老大揮手要小弟別再說下去。

「不是的話，到時候再想要怎麼慢慢玩他啦！」

車開了約半個小時之後，一行人進入了開始看起來有些荒涼的山路。

路旁本來有幾間像工寮的小屋，但越往裡面開就連工寮也不見了。所見之處都是樹木雜草。

「藏得這麼深喔？」老大靠在車窗外，吹了個口哨：「一定很值錢。」

光是地圖他們還看不太懂，沒有中年人指路恐怕無法抵達目的地。

車子在一棟建築物前停下來。

「哎呦，原來你有錢在這種荒郊野外蓋豪宅？」

說豪宅也言過其實，那只是棟兩層高，看起來像宿舍的灰色水泥建築。小弟朝大門狠踹一腳，它馬上就彈開了。

「跟我來。」

不知道是認命了還是害怕了，中年人很平靜且配合地帶他們進去。地上雖有灰塵但積得不深，顯然有人定期打掃。

穿過走廊後，眾人來到最尾端的門前。其他扇門看起來都有點破舊，唯獨這扇門是全新的厚鋼板門。

「你把古董藏在這種連流浪漢都不會來的地方啊，聰明。但裡面的東西最好價值三十萬。」

「你等會親眼見證後就知道了。」

鋼板門一開，眼前出現往地下室的樓梯。中年人拿出預備的手電筒，在照明下轉開門把。

眼前的房間約有十坪的空間。老大仔細觀察，在房間最裡面的桌上，放著一只花瓶還有幾箱半開的手提金庫。

「幹，你藏了一堆值錢的東西耶！」老大上前摸那花瓶，欣賞它上面的圖案：「這個是哪個年代的花瓶……」

冷不防地，瓶口冒出一隻蜈蚣，朝老大的手指咬了一口。

「幹！痛死了！」他忍不住大叫，對後面中年人嗆：「你是沒在掃這個房間喔？」

但他身後沒人。

門口傳來門板關上的聲音。所有人注意力都放在財產上，結果沒注意到債主早溜出房間。

「幹你娘咧！快開門啦！」小弟們用力踹鐵門，但門後早沒反應，門鎖死了根本打不開。

「幹，中計了！」小弟們發現門踹不開後，大聲咒罵。

「他跑不掉啦，」老大甩著被咬的手說道：「等我們出來之後再把他分屍……」

幾陣被什麼東西咬到的疼痛叫聲打斷他的話。老大忍不住怒嗆：「靠北喔！是在叫三小啦！」

「有東西在咬我的腳……啊幹！」才二十幾歲的小弟又發出慘叫。

把手電筒往地上一照，老大發現腳下不是水泥地板而是泥土地。幾十隻蜈蚣從土裡爬出來，朝上門的午餐們襲來。

「去死啦別過來！」一群人朝地上低賤的節肢動物一陣猛踩，雖然死了幾隻，但更大隻的蜈蚣緊接著又冒出來。

「幹……以為放蟲就可以咬我我們嗎？」

老大火了，從口袋掏出刀子就往地上猛刺。數十隻黑色蜈蚣屍體不一會就像串燒那樣被刀子刺穿，但接下來眼前的景象，可說是地獄。

成千上萬隻蜈蚣從花瓶裡、腳下、牆邊隙縫爬出來，而且體型更大，每隻差不多都有水管那麼粗，怎麼看都不像自然生長成這樣大的。

小弟們開始發出哀嚎。因為大得足以纏住他們五指好幾圈的蜈蚣們開始從他們的腿部爬上來咬他們。有幾個人因為被蜈蚣纏上嚇得跌坐在地，結果卻讓蜈蚣順勢爬上他們的身體，在他們的背上、手臂上、脖子上甚至是臉上開始噬咬他們的肉……

「哇啊啊啊！」

老大踢倒花瓶爬到桌上，其他小弟們身上全被蜈蚣咬了。而且蜈蚣像潮水那樣越來越多，甚至多得看不見地面。

「救我……幹誰快來救我啊！開門啊！」

他看到有一隻黑色毛線泰迪熊——應該是看起來像泰迪熊的東西。那是平常都會幫他點菸的小弟，他全身每一寸皮膚都被黑蜈蚣緊緊咬住，看起來就像用黑毛線編織成的熊在面前跳來跳去。現在他也痛苦得只能翻滾，但他一張口大叫，蜈蚣就成群朝他嘴裡爬進去……

一個重心不穩，老大也跌進地面無數蠢動的黑蜈蚣堆之中。被電鑽鑽進皮膚般強烈的痛楚讓江湖上打滾多年的他也痛得慘叫。

恐怖的痛覺從裡到外折磨著自己，地獄……這是地獄啊！彷彿體內被電鑽貫穿的痛覺讓他連債務的事都忘了，只能痛苦地伸手不停掙扎……

中年人坐在外面悠閒地抽了根菸，聽著房間裡比無間地獄罪人淒厲的慘叫，他心中很暢快。

這個本來就不是普通的房間，而是專門培養肉食性且含有劇毒的蜈蚣用的巢穴。自己本來想要研發一種針對蟲類的萬用解毒劑，但弄巧成拙，他開發出這種致死率九十五%的蜈蚣，而且為了研究才不得不借錢。

但這種蜈蚣如果流到外面的話，以這種蜈蚣的攻擊性，恐怕會造成更大的災害。最後中年人不得已，只好把牠們全關在裡面，看看牠們會不會自己餓死。

餓了那麼久，蜈蚣們應該三兩下就能把討債集團全吃到只剩骨頭吧。

他把菸蒂扔到地上踩熄，本來不想殺人的，但不這麼做的話就沒完沒了。
總之先把他們開來的車整理一下賣了，還完借款之後再想想怎麼辦吧。

Owner 擁有者

An antique may bring an unpredictable death to its owner.

伴著鎚聲響起，慈善拍賣會也跟著來到最高潮。一只泛著貴氣光芒的紅寶石手鐲從中年主持人手中交到贏得拍賣品的貴婦手裡，在場名流紛紛鼓掌。

這只手鐲有個不吉利的傳聞。因為手鐲原本的主人死於兇殺案，自此轉手得到手鐲的持有人，都不知為何全遭遇意外或兇案身亡了。

「各位先生女士，這場拍賣會在您們的盛情參與下就到此結束。這些流當品能找到新主人想必也很高興。同時我們也感謝各位的參與。」

主持人話鋒一轉，向方才標得手鐲的貴婦道：「但是剛才也提到，這只手鐲的擁有者在得到它的三、四天後，一定會死掉的事……」

「在這種科學時代，您也相信這種不科學的事嗎？」她一笑置之，「但聽說它的主人都死了是真的吧？這麼不吉利的東西我自己也不會想戴的。」

「那妳要怎麼辦，陳太太？」坐在台下同樣結婚的朋友問道。

「我剛好認識一個專門回收金屬與舊首飾的朋友，如果給他的話……」

一陣金屬鬆脫以及螺絲落地的聲音響起，裝在上面的聚光燈突然落下，貴婦的頭直接被凶器狠狠擊裂，當場死亡。突來的意外讓現場數十名賓客全嚇得失去理智，慌亂的尖叫與哀嚎充滿整個會場。

「快叫救護車！」有人大叫著，現場人人驚惶，但唯獨主持人依然冷靜，他隔著手帕拾起手鐲並交給剛才還跟她說話，現在卻嚇得手足無措的朋友張太太。

「那就麻煩您收下它吧。」

她害怕地拍掉那只手鐲，聲音充滿驚恐：「為什麼……？你說這個東西被詛咒了，每任所有者都會死是不是？那為什麼要拿這麼危險的東西出來拍賣！」

「我們公司也是出於無奈。」主持人答：「在收到這個東西後，先是我們老闆的兒子在上班途中跟砂石車對撞身亡，接著又有好幾個主任突然生病跟暴斃……再不把這東西交給下一個擁有者的話，我們就……」

「自私！」

她被椅子絆倒在地，但還是爬起來罵了一句。

「因為你們自己收到這種東西，就可以把這種會帶來不幸的東西塞給別人嗎？」

「我、我也沒想過會這麼快啊！我們查過，拿到手鐲的人都是得到後三、四天才死掉的！」

撿起手鐲的主持人也終於失去冷靜，支支吾吾地想說什麼，沒想到他一咳嗽，一大灘黑血從他口中嘔出。

「……」

主持人震驚地看著那灘血，一團濃稠的液體正從自己的胃裡升起，好像有數萬張蛆在肚裡鑽的痛楚跟著傳來。他開始大口嘔吐，在她差點也要吐出來的最後一刻，主持人竟也倒在地上，死狀悽慘地暴斃了。

沒人敢相信一只手鐲竟然在短短十分鐘內就奪走兩條性命。禮服沾上鮮血的張太太癱在地上久久無法動彈，深怕自己不小心摸到手鐲，自己也會被死神盯上。她的眼神就像面對一顆手榴彈戒慎恐懼。

救護車與刑事鑑識小組在那之後也來到飯店大廳現場。從沒看過這種事的上流人士們都被嚇得失去語言能力，有的甚至連標到的東西都不要了，丟在地上就逃離現場。

「妳還好嗎？要我們送妳去醫院檢查嗎？」

旁邊的護理人員熱心地問道，但張太太滿腦子只剩詛咒手鐲的事。

「那個……手鐲呢？」

「妳是說死者生前抓在手上的手鐲嗎？剛才警察他們為了搜證，所以已經把它帶回警局去……」

「那個不能拿！」

她慌張地站起來，追著剛才疑似整理好物證便拿著袋子要走向門口的員警。

「小心啊！」

那名員警的腳邊有一只不知道誰丟的酒瓶，一旁的員警大叫提醒，但來不及了。他還是不小心踩到酒瓶，一個不穩接著跌落樓梯。他的額頭重重撞上階梯，在翻滾了好幾圈的同時，員警腰間的手槍也掉到地板上並彈起，在他恐慌地張大嘴巴大喊時，槍口不偏不倚地飛進他的嘴裡面。

「哇啊啊啊！」

扳機在槍口飛進他嘴裡的瞬間，不小心被他揮動的手指扣到了。砰地一聲，在他倒在樓梯間的時候，他已經變成一具爆頭屍體。

她嚇得全身都失去力氣，只能像嬰兒一樣讓眼淚和口水流得滿臉都是。

沒人敢接近掉在樓梯間上的手鐲，甚至連警察都不敢鐵齒去動它。碰到它的人就會被視作手鐲的擁有者，然後以意想不到的方法死於非命。

但沒有人碰它的話，它就會一直都在那裡，等著下一個非得碰它不可的倒楣鬼出現，然後死掉……

現場又再次陷入新的恐慌。是啊，誰該去撿詛咒如此強的手鐲？

只有三種人會在此時去碰它。一是腦袋有問題，二是不知情的人，三是——

「不……不好了！」

此時，飯店服務人員突然慌張衝入現場，只見他口齒不清加比手劃腳地叫著：「有、有人要跳樓了！」

第三種人——想死的人出現了。

「有個女的……從剛才開始就一直在樓頂吵著要自殺，我們怎麼勸她都不聽！」服務員大聲請求：「拜託你們幫我們的忙吧！」

張太太與其他人腦海中，不約而同浮現最可怕的念頭。

既然她不想活了，只要把手鐲給她不就什麼事都沒了嗎？

「喂……妳先把手鐲拿起來，然後跟我們到樓上！」

「誰要拿啊！你們公務員拿了我們老百姓那麼多錢，怎麼不為民犧牲一下？」

「不然用這個吧！」

其中一位參加拍賣的男性賓客抓著清潔工的垃圾夾說道：「先用夾子夾著移動

試試看，說不定只要別直接碰到它就不會有事了。」

「快夾起來！不然就用妨害公務把妳逮捕！」

不得已的張太太，只好用夾子夾起手鐲，全身抖個不停地往樓頂移動。不想突然在電梯裡摔死的人也全乖乖跟著走。

走了近十三層樓的高度，張太太和警察仍順利走到樓頂。有個二十幾歲的長髮女生獨自坐在水泥圍欄上，毫不在意地看著眼前接近二十樓的風景。

一看到警察過來，輕生女子馬上歇斯底里地大吼：「滾回去！我要結束這一切也不關你們的事！」

「先冷靜下來，不要做傻事！」剛剛才目睹同事死狀的警察，現在仍得冷靜下來向女子喊話：「我們先好好談一下好不好？」

「快滾！不然我現在就跳下去！」

她站到圍欄上，作勢要往下跳。員警明知道自己的工作是阻止市民尋短，但他仍轉向張太太，小聲說道：「喂……妳快把那個東西拿給她。還有，用夾子夾著太奇怪，妳先拿在手上……」

「去你媽的！」張太太完全失去貴婦氣質，對著警察爆粗口：「你要我死嗎！」

「趁詛咒還沒生效前塞給她！隨便編個謊說這個要送她都好啦！妳也是女人，

讓妳把手鐲塞給她她才不會懷疑！」

警察有點粗暴地推著她前進，這時，手鐲從夾子上鬆脫落地，發出一聲清脆的聲音。

女子也注意到身上衣服沾血的張太太與手鐲，再次充滿敵意地問道：「妳是什麼人？」

如果撿起來的話，說不定自己就成為被詛咒而死的人了。

張太太的雙手發顫，就算不停默念著要冷靜也沒用，連續三個人慘死的畫面太過震撼，她的整張臉都要被鼻涕口水沾滿了。

「冷靜一下……」

她不禁對自己這麼說著，但要自殺的女子以為這個歐巴桑是在叫自己冷靜，馬上憤怒地回嗆：「屁咧！什麼都不知道的陌生人湊什麼熱鬧，還敢叫我冷靜！」

張太太什麼都不想了。她用力拾起手鐲，然後三步併作兩步來到她面前。

「對，我不知道妳為什麼要在這裡鬧自殺，可是我知道妳一定有什麼話想說才會鬧得這麼大對吧！」

女子沒料到這陌生人會突然跑到自己面前，而且還把一只看起來很名貴的手鐲拿到自己面前。

「我也不想知道，可是我知道像妳這樣的孩子一定要幫妳、這個拿去……！我剛才在下面的拍賣會標到的純金手鐲！要是覺得人生沒有希望，那這個是送給妳的最後禮物！」

張太太顫抖的手迫不及待把手鐲放到她旁邊，然後很惶恐地遠離她。女子沒想到張太太居然會主動塞這麼名貴的東西給她，她抓起手鐲檢查一會，接著不可思議地看著張太太。

這樣一來她就不算擁有者了，當張太太想趕快轉身離開這裡時，那名女子又發出刺耳的哭聲。

「等一下！」

本來想跳樓的女子居然從後面衝過來，緊緊拉住自己的手。

「欸、妳做什麼……！」

女子低著頭，但情緒已從剛才的憤怒轉化為釋懷般的啜泣。

「我錯了……」

因為她手裡還抓著手鐲，警方也不敢輕易跟她接觸。但她緊抓著張太太想趕快甩開的手，泣訴著：

「我還以為……這世界上已經沒有人肯幫我了……」

張太太慌亂地想推開她，但女子仍不自覺，一直自顧自的哭著：「我欠了好多債，然後我的男朋友知道了，也不管我逃跑了……可是，可是我……」

「好好好、不客氣，妳快點回去！」

「我沒想到這個世上……居然、還有像您這麼好的人！我錯了……我好慚愧……」

「妳不想自殺了嗎？」

如果她這時候不想尋短，那把詛咒的手鐲塞給她就沒意義了。張太太想逃離這裡，但女子卻死也不放開。

「謝謝妳……但是，我不能收下它，我的問題還是得由我來解決。」

可惡！為什麼會在這時突然改變心意！

「唉呀，妳快拿回去！不要再塞回來給我了！」

「我知道您一定是希望我不要這麼軟弱地尋死，所以才給我這個……我好慚愧、我怎麼這麼簡單就會想死呢！」

「妳軟不軟弱關我屁事！我叫妳趕快下去啦！」

原本應該勸阻的警員，這時卻像木偶靜靜看著兩人爭執。

被瀕死壓力逼得幾乎失去理智的張太太緊勒她的脖子，順勢把她推到欄杆旁。

「妳不是不想活了嗎？那就快點跳下去啊！下去的話一切就結束了！你們這些警察在幹嘛！她沒死的話，慘死的就是你們！」

這句話觸動所有人的恐懼神經，更讓所有不想莫名其妙死掉的人被恐懼支配而一塊加入壓制自殺女的行列。

「放開我……救我……」

女子發出痛苦慘叫，被五、六人粗暴推向欄杆的力道讓她疼痛不已。

「啊啊啊……！」

她不知道為什麼自己不想死的時候，眼前的希望卻偏偏再次熄滅。

這些人就好像在自己投資的錢全賠光時，像菩薩般向自己伸手的善人。但自己一再相信他人的結果，卻是自己跌向更黑暗的深淵。

「這麼想要我死……那就如你所願！」

不知哪來的勇氣，讓女子的態度驟變，她抓住想把自己推下樓的張太太，另一隻手抓著那只手鐲，整個人就這樣往後傾。

「住手、妳在做什麼！」

張太太用盡全力要甩開她，但這時兩人的手都不尋常地黏在手鐲上，無法脫離。如果張太太支撐不了她的全身重量，那她也要摔死。

「快拉住她！」

警員從後面拉著張太太，但邪門地，兩個女人的重量竟讓員警覺得像拖著一噸鐵塊般吃力。

「對不起、對不起！是我不好，拜託妳放了我……」

「誰管妳呢。」女子冷笑。

在警員要把兩人拖上來的剎那，他們腳下的磁磚卻一整片都碎裂了。

重心不穩的警員全跌倒在地，張太太跟那名自殺女子兩人雙雙一起掉下去。

短短一小時內就死了五個人的慘劇落幕了。警方對外的說法是意外及自殺事件同時發生，不過嗜血的媒體早就用詛咒這種傳說般的說法開始報導這一切。

「居然被自殺的人一起拖下去……」

殯儀館負責清理屍體的人經驗再怎麼老道，也沒看過這種狀況。沒有及時救助兩人的所有警員全都調職處分，因此他也無法得知怎麼回事。

「這屍體怎麼會這樣子……？」

掀開白布，兩人屍體的手還同時緊抓著那只手鐲，屍體僵硬甚至連分都分不開。

張太太的後悔表情依然殘留在頭破血流而死的臉上。

Postoperative 手術後病人

A postoperative could be the worst perpetrator in the hospital.

孫雅茹趴在走廊外休息區的窗邊大笑著。

原因是，她負責的病人在剛才往生了。

她很明白護理師不該這樣，但她真的累了。最近醫院人力吃緊，一個人要照顧近十個病患，因此在工作重負減輕時，她真的只想笑。

自己一定是身為人類的哪個地方壞掉了，她感嘆。

但真正討厭的事情還不是這個。

她照顧的病人裡面，有一個雅茹一生絕對不想再見第二次見面的人。

這個人就算說是暴力的化身也不為過。

「學姐。」

有人叫了自己一聲，雅茹抬頭，那是比自己晚進來的護理師學妹沈嘉嫺。她留著一頭像學生妹的短髮，溫和的臉龐讓雅茹看了心中就湧現一股安心感。

「妳還好嗎？」

聽到學妹的聲音，雅茹連忙收起剛才失控的反應，換上幫助病人時的笑容：

「沒事，怎麼了嗎？」

「學姐在擔心那個爛人的事嗎？」

「難免啦……不過我真的沒事。妳做好自己的工作就夠了。」

眼前學妹仍擔憂地看了自己幾眼，欲言又止幾秒後，這才說：「有什麼事的話一定要說喔，學姐。」

「會啦，那回去再慢慢聊吧。」

目送學妹走開的身影，雅茹發出只有自己聽得見的嘆息。

把那些瑣碎的雜事處理掉後，就是幫那個剛動完手術的病人吊點滴的時間。

學妹口中的爛人，這次因為胃癌動了胃切除手術。但在這之前，他已經是醫院裡的名人。

因為他已經動手毆打過六名醫師、十九名護理師還有其他住院病人、保全大哥、清潔工阿姨林林總總加起來應該有三十人以上的各種人物。

他第一次出現是一年前，因為在路上飆車摔倒的時候。那時他連掛號都沒有就衝進診間要求治療，被護理師請出去時勃然大怒，當場把醫生、護理師與看診中的病人全打傷了。

這個中年人的脾氣就跟國中屁孩一樣衝，打人時還嗆「我哥警界高層、我妹的老公也是議員，沒在怕的啦幹！」，保全大哥來制止時還繼續打保全大哥，直到五個警察趕到現場壓制他為止。

但應該被捕入獄的那個人幾天後又出現。這次是來看感冒，而且連六歲小孩也打傷了，保全被他用讓病人坐的椅子打到差點昏迷，還嗆「林北家裡有錢不怕警察啦幹！」。

類似的事情已經重複了好幾回。

如今他檢查出有胃癌，讓人不禁想笑他罪有應得。同事間還開玩笑說執刀的醫生會不會氣到一刀把他捅死，當然，如今胃切除手術結束了，他人還在病房裡休養。

據說醫院高層有把柄握在他手上，所以才無法拒絕這個爛人來就診。

但真的對這間醫院不爽又為什麼要一直跑來？雅茹不解。

不想再想那麼多的雅茹，踏著比鉛還要沉重的腳步朝那個人的病房走去。

但一到病房門外，一陣吵雜聲早已傳進耳中。

「幹你娘咧，我不要喝這種難喝的爛湯，快滾啦幹！」

接著病房裡傳來碗摔在地上碎掉的聲音，還有送餐阿姨被餐盤丟到頭痛得大叫的聲音。

剛動完胃切除手術，本來就該喝米湯還有清淡的食物靜養才對。雅茹推開病房門，送餐阿姨正好抓著餐盤逃出病房。

稀飯灑得整個病房地板到處都是。中年人灑翻醫院給的晚餐，結果現在竟然在吃肯德基外送的炸雞配剛開瓶的上等紅酒。

「余先生，您現在剛動完手術，不能吃這種刺激性的食物。」

身材腫胖的余先生抓著炸雞的手依然沒停下來，還用油膩的手抓電視遙控器轉台。

「余先生，現在吃雞腿的話……」

「我吃什麼關妳屁事啊，幹妳娘雞掰啦！」

他憤怒地把啃到一半的雞腿丟到雅茹臉上，順便在地上吐一口口水。

「……能請你不要再這樣對待我們醫院的工作人員嗎？」雅茹耐著性子講最後一次：「如果還要做這種暴力的舉動，我會叫保全……」

「要叫去叫啊，幹！」余先生竟然囂張地反嗆：「反正保全是不會來的啦！我早就塞錢給保全了，保全也是我的人啦！」

雅茹當護理師五年了，還不曾遇到這種近乎神經病的病人。

本來她核對完藥物，現在要來替余先生吊點滴的，但現在她幾乎忘記自己要幹嘛。連日來的勞累再加上這句叫人傻眼的話，雅茹一時間愣住了。

病人把吃完的肯德基炸雞桶丟到地上，這時躲在浴室裡的另一名男子跑出來，把病房的門用力關上、上鎖。

「你們要幹嘛？」雅茹忍不住慌了。醫院裡面明明也有男性護理師，但偏偏把這種危險人物派給自己，上級到底在想什麼？

她抓起病床邊的電話話筒，想向護理站求援，但余先生粗暴地把話線從牆上扯掉，然後把整台電話狠狠摔到牆上，把它摔得支離破碎。

「想叫人啊？幹，沒門啦！」

余先生現在的表情就像等著啃自己骨頭的獵犬。以往雖然有不友善的病人，但這個人真的從裡到外都是暴力的化身，從她遇到這個病人以來，就只有很不愉快與非常非常不愉快的記憶。

「你到底要幹嘛？」

開始害怕的雅茹只能從口中擠出這句話：「為什麼要做這種事？你討厭我們醫院的話，只要簽自主出院同意書就可以出院了……」

「誰討厭啦。」

余先生露出充滿惡意的笑容：「就只是因為你們對我見死不救讓我很不爽，所以現在要回來玩你們啦！拎北就是爽啦！」

「那次是……」

不等她解釋，同夥男子就把雅茹強押到地板上。

雅茹忍不住放聲大叫。但奇怪的是，外面沒有任何人聽到聲音或敲門要察看。

「妳知不知道我有多痛？我摔到痛得要死要妳們幫忙，結果妳們還叫我去外面等是哪招啦？就是這點讓拎北不爽，幹妳娘雞掰啦！」

「請先冷靜一點……」、「冷靜個屁啦幹！」

余先生一拳重重朝雅茹的臉打下去。原本整齊的制服被他抓得亂七八糟。

「拎北就是想到這件事很不爽，所以才會一直來找妳們！鬧你們醫院就是爽啦，拎北就算花錢也要玩死妳們，別以為拎北卒仔不敢對妳們怎樣！」

他抓起喝完的空酒瓶，又朝雅茹身上亂打。她的臉被打腫了，接著身上各種想像得到的地方都被打出瘀青。

「拎北身上受的痛……要讓妳們每個人都嚐過一遍啦！打你們就是爽啦！」

她掙扎，但病人不知道從哪裡來的力氣讓她難以掙脫，再加上同夥也一塊動手毆打她，雅茹幾乎沒有反抗的餘地……

現實中她只被打了幾分鐘，但心理上這是她人生中最漫長的時刻。

在那之後，雅茹連點滴也沒有吊就哭著逃離病房。

她躲在屋頂上，像完全無助的孩子大哭起來。她大聲哭叫，越來越不懂自己為什麼還堅持著留在這個行業受折磨。

就算知道還有一堆麻煩得要死的工作還沒做，如今雅茹再也不想管它們了。好累，她好想丟下這一切就這樣子踏出醫院大門不要再回來，她第一次這麼希望一個病人趕快去死，不要再給她添麻煩了。

「學姐？」

是熟悉的聲音。雅茹抬起頭，手上明明還抓著點滴袋的學妹，這時非常擔心地來到面前。

「學姐？妳還好嗎？剛才怎麼了？」她蹲下身，看到雅茹身上的傷口：「學姐妳受傷了？是被那個人渣弄的嗎？」

她沉默地點頭，眼淚還是止不住地掉下來。她的手臂上殘留著被那個可恨人渣用酒瓶碎片劃傷的傷口。

「趕快跟護理長報告這件事吧？這樣的話……」

「報告了也沒有用啊。」

這間醫院就是這樣子的一個地方，雅茹很清楚這點。上頭的人根本不管最基層的工作者被侮辱、過勞還是出意外，一切都沒有改善過。

「嘉嫻……我問妳。」

她用彷彿快崩潰的聲音叫了學妹的名字。

「妳加入這一行後……難道不後悔嗎？」

學妹想了一下子，微笑著搖頭。

「沒有什麼值得後悔的地方。而且這間醫院有學姐這麼好的人，就算病人再怎麼樣蠻橫無理，我覺得自己還是撐得下去。」

嘉嫻伸出手摟住眼前的學姐，接著，她的嘴脣湊上了學姐的嘴脣。

「……」

這一吻持續了十幾秒左右。

當嘉嫻鬆開雅茹的時候，雅茹還在呆愣著，剛才發生的事有一瞬間也忘了。

「那種病人管他去吃屎吧！」

嘉嫻用生氣卻堅決的表情說著。

「就跟那些反對我們在一起的人一樣，全都去吃屎吧！」

聽著這句話的雅茹，只是輕輕靠著學妹的肩膀，然後又哭了。

嘉嫻只是讓她靠著，輕輕拍著她的背。但她心裡已經開始燃起對那個人渣病人的怨恨之火。

深夜，除了值班的護理師以外，幾乎沒看到其他人影。

換上不起眼的便服的嘉嫻，抓著一只大包包朝余先生的病房走去。

他的病房裡還不停傳來嘔吐聲。

她輕輕敲門，一名同夥男子開門然後瞪著她看。

「我來替余先生吊點滴的。」

「吊什麼點滴啦，現在我家老大身體不舒服，妳……」

嘉嫻掏出從醫療廢棄物收集室裡撿到的廢針筒，無情地朝他右眼捅下去。

「哇啊啊啊啊啊！」

男子倒在地上，眼窩血流滿面的他摀著右眼慘叫。但嘉嫻馬上關好門，再拿出一把手術刀朝男子的腹部捅下去。

被捅了兩次的男子像被宰的活魚那樣在地板上摀臉抱肚，痛苦地扭動身軀。她踢了男子一腳，接著便沒有再看他。

「幹、妳誰啊？」

剛才的嘔吐聲就是余先生發出的。剛才吃的炸雞腿還有紅酒，現在全吐到地板上，病房裡充滿了嘔吐物的臭氣還有濕黏的不快感。

剛手術完就吃刺激性這麼強的食物，傷口出血還有消化不良，會吐成這樣也是理所當然的。

她用看著低賤生物的眼神瞪著余先生，就算剛吐過了好像很虛弱，他臉上表情依然兇狠。

「幹妳娘雞掰……我幹死妳……」

「不好意思，能幹我的只有學姐而已。」

她抓著另一把手術刀，敏捷地朝他的手臂劃下。頓時間他的手血流如注，他痛得發出比豬難聽的吼叫聲。

「幹妳娘……我要叫人來……」

「你做不到。」嘉嫻冷笑著：「你忘了對外聯絡的電話被誰砸壞了嗎？還有，病房裡是沒有監視器的，你在這裡做的事還有被我做了什麼，外面都看不到！」

余先生開始鬼叫一堆根本算不上語言的話，但嘉嫻撿起地上還沒摔碎的酒瓶，重重地往余先生的頭上砸下去。

頓時間余先生血流如注，強烈的痛覺讓他快要休克了。

「安靜點，這樣子我沒辦法幫您吊點滴呢。」

她取出剛才學姐沒有用到的點滴袋，接著開始替點滴管排氣，把針頭準確地插進余先生的手臂上。

被酒瓶敲得頓時間暈眩不已，難以行動的余先生想反抗，卻不知為何失去力氣。

「病得不輕呢……所以我準備了特別的藥物要給您！」

嘉嫻拿出一瓶不像藥物的東西。仔細一看，那竟然是清潔阿姨愛用的去霉劑。扭開瓶蓋噴嘴，瓶子裡面的清潔劑氣味開始在空氣中飄散。瓶身上的品牌人物正對著余先生露出微笑，但余先生真的笑不出來。

「您知道把去霉劑透過點滴注入您的血管之後，會發生什麼事嗎？」

咕嚕咕嚕咕嚕──去霉劑倒滿了點滴袋。嘉嫻把點滴管接上袋子後，接著用抹布塞住他的嘴巴。

余先生被塞住的嘴還口齒不清地發出聽起來像「幹妳娘」的聲音。除了罵人已經連溝通能力都失去了嗎？真可憐。

「事實上，病人誤飲清潔劑或農藥時會造成食道灼傷，喝了巴拉刈的病人全身都會被劇毒侵蝕痛苦而死。但一般人根本沒辦法試驗用點滴將清潔劑注入血管會發生什麼事，所以……今天您可以讓我看到不錯的好戲呢！」

余先生終於開始發出求饒般的聲音。但來不及了，嘉嫺已經把去霉劑注入他的體內，然後在一旁靜靜看著余先生在恐懼中掙扎、身體痛苦地扭動——

「其實我在當護理師之前，曾經有段時間當過職業殺手喔。」

她的聲音輕柔得就像在唸床邊故事。

「只是，有天工作的時候，我在醫院裡遇到了學姐……她認真地照顧病人的樣子，還有比誰都還溫柔纖細的模樣，讓我一時間連她照顧的人就是我的目標這件事都忘了……在那之後我就努力通過護理師考試，用盡各種手段成為她的學妹……」

余先生的嘴巴開始流口水還有噁心的液體，意識逐漸模糊。

「不過，像學姐這麼溫柔的人，不是來讓你這種人踐踏的呢。為了拯救學姐，我得做點什麼。」

確認地上的男子死了，她不慌不忙地把手邊的工具收拾好，踏出病房。

「永別了。」

輕聲說完，嘉嫺的身影消失在走廊上。

隔天早上，余先生死了。

死因是余先生自己酒後發狂，把清潔劑倒進自己的點滴袋裡面，讓清潔劑注入血管並導致器官衰竭身亡。

因為余先生平時的行動就有暴力與精神狀態不穩傾向，再加上余先生本人跟家族關係本來就很惡劣，因此沒人追究他詭異的死因，同夥男子也被當成余先生自己動手殺害的。

保全還有其他可能看到自己犯案的人，嘉嫻全塞錢給他們解決了。

「太好了呢！」

辭職離開黑心醫院的那天，兩人併肩走在晴朗的道路上。

「那種爛醫院還是早點離開，然後去找更好的工作吧！」

「嗯！」雅茹摸著那天身上的傷口，說道：「不需要再為那種環境再忍耐下去了！」

「學姐恢復精神了呢，太好了！」嘉嫻露出開朗的笑容。

「那妳呢？跟著我辭職真的好嗎？」

「只要能跟著學姐在一起，我的人生就無怨無悔了！」

「說什麼傻話啦！」

說著，兩人又忍不住笑了，接著再輕輕吻了彼此。

Quickness
迅速

Sometimes a quick clerk could be the poorest guy in the world.

群望抓著話筒，跟旁邊的良憶笑著互望。過了十秒鐘，話筒另一端終於接起來。

「克羅拿您好，請問您要點什麼？」

群望撥打的是克羅拿美式速食店的號碼。在確認菜單後，群望說道：「中型雞腿堡、薯條各兩份，飲料我要熱紅茶還有一杯熱拿鐵！」

「好的，只要這樣就好了嗎……」

「等等。」

群望憋著笑，對著話筒繼續說：「送來的時候，記得在紙袋上面寫上費馬最後定理的解法！」

「費馬最後定理？」他好像能聽到話筒另一邊傳來跺地板的聲音。

「就是證明當正整數n大於二時，x的n平方加y的n平方等於z的n平方沒有正整數解的定理啦！」

「還有我二十分鐘內要喔！」良憶還笑著補充。

不管對方回答，少年說出自己家的地址後就掛斷電話。然後，兄弟兩人又忍不住放聲大笑。

「啊哈哈哈……要不要賭他這次辦不到？」

「辦不到就打電話客訴外送員吧！」弟弟良憶的反應就像在玩遊戲一樣愉快：

「可是前幾次都有成功，這次說不定也會成功啊？」

「這次我提高難度了，一定辦不到啦！」

所謂費馬最後定理，可是數學界的世紀難題。要證明這個定理所用上的算式如果要寫在袋子上的話，字體恐怕要用顯微鏡才看得到。

按下碼錶，兄弟倆開始計算時間。他們不是那種會賒帳的人，但是時常會提出奇怪的條件。別人那種叫外送員在紙袋上畫貓咪只是小case，他們玩的是更大的。像是叫外送員邊跳芭蕾舞邊到門口來啦、邊唱著少女的祈禱邊走來啦、在門口轉二十圈後學狗叫三聲再送進來啦，沒事幹的兩兄弟最大的樂趣，就是想各種條件去戲弄外送員。

每次都點這間克羅拿美式速食店的理由是，據說這間店規定外送員絕對不可以拒絕客戶的要求。客戶要在炸雞上灑三次鹽就照做，準備大便咖哩味的沾醬也要照做。

所以兩兄弟最愛玩他們的外送員了。反正又不是犯法的事，娛樂一下兩兄弟又不會死！

十分鐘後，外送員出現了。

外送員是個頭髮有點雜亂，年紀約四十歲的男子。他把裝著餐點的紙袋遞上，上面只寫了一行簡單的網址。

「這什麼？」群望故意問：「我不是說上面要寫費馬最後定理的解法嗎？」

「請把網址輸入進去。然後您就會看到費馬最後定理的證明。」

說完，外送員便離開了。

「靠腰咧，我叫你把解法寫在上面不是把網址寫在上面！」

「小心我客訴你喔！」

外送員走遠了，沒有聽到兄弟倆的叫喊聲。

「幹，他沒聽到！」良憶有點不爽：「居然這樣子就讓他過關了！」

「等一下要玩什麼？」

兩人邊吃叫來的漢堡，邊想下一個可以玩的花招。

「乾脆叫他來的時候，跪在地上喊『皇上，奴才來晚了，請皇上恕罪！』怎麼樣？聽起來超爽的！」

「加一句『吾皇萬歲萬歲萬萬歲！謝主隆恩！』怎麼樣？」

兩人又笑了，然後拿起話筒點了魚排堡後，加上剛才想到的要求。

這次剛才的那位外送員在十分鐘內就來了。在接過裝有魚排堡的紙袋時，良憶故意大聲地說：

「剛才我說叫你喊『皇上，奴才來晚了，請皇上恕罪！』對不對？先跪下來！」

中年外送員有點猶豫。但群望還提醒他：「記得我讓你起來之前，還要再喊『吾皇萬歲萬歲萬萬歲！謝主隆恩！』知不知道！」

這明顯是跟工作毫無關聯的要求，但外送員依然五體投地跪在兩兄弟面前，乖乖喊著：「皇上，奴才來晚了，請皇上恕罪！」

「哈哈哈哈哈……！快起來啦！」

「吾皇萬歲萬歲萬萬歲！謝主隆恩！」

用毫無尊敬之意的語氣喊完後，外送員馬上起身離開。儘管兩兄弟都笑彎腰了，但外送員仍一聲都沒吭。

「再來要玩什麼？」

「叫外送員陪我們玩國王遊戲怎麼樣？」

「不要啦！國王遊戲已經就玩過了！你忘記上次我們還叫那個外送員把內褲脫下來戴在自己的頭上嗎？」

「那叫他裸奔一圈再送過來好了？」

「你很鬧耶幹！叫他在我們家門口脫到全裸再穿回去就好了啊？」

結果這個一樣很鬧的提議通過了。中年外送員帶著兩杯可樂再次出現，良憶對他說：「你不脫到全裸的話，我就打電話客訴你服務不周！」

從沒受過這種恥辱的外送員，把身上印有C字標誌的制服到內褲全脫下來，讓自己中年的身材在兩人面前一覽無遺。

看到外送員那話兒的尺寸，群望笑翻了。他把制服穿回去，收了錢就離開，這回甚至連謝謝都沒說。

「你很過分耶！」、「靠北喔，你自己還不是笑得很爽！」、「誰笑得很爽啦、明明就是他老二太小了！」

結果兩人都笑到差點把嘴裡面的飲料全吐出來。

「再來要叫他做什麼啊？」、「欸……國王遊戲還有全裸都玩過了，跳舞還有跟鄰居告白也玩過了，還有什麼可以玩啊？」

「叫他用老二在紙袋上畫一隻狗狗好了。」、「不要啦，那很噁耶！」

今天老媽回家的時間好像比較晚，為了打發時間，兩兄弟邊玩遊戲邊想更新又能玩的梗。

「我想到了啦！」

良憶突然拍桌子，然後對哥哥群望說：「叫他準備一顆大豬頭戴在頭上，進來的時候就發出齁齁的聲音，然後叫『我是豬，齁齁』好了！」

「什麼豬頭？」

「肉攤上有的時候不是會放宰殺掉的豬的頭嗎？就那個啦！」

「讚，這個有梗！現在就打電話叫他這樣做啦！」

群望馬上撥下克羅拿的電話號碼，接通後，他馬上開口：「我要點一份快樂套餐，然後叫外送員在頭上戴一顆真正的豬頭，到我們家來的時候，記得要叫『齁齁，我是豬』知不知道？限你們五分鐘之內過來，不行的話我就客訴你們啦！」

掛上電話，兩人開始期待外送員過來的時候會帶來什麼樣的驚喜。

電鈴響起，群望興奮地衝去開門，又是剛才那個中年外送員。

「靠，我剛才不是說叫你頭上戴著豬頭過來的嗎？」

外送員面無表情地遞上袋子。袋子裡放著快樂套餐，但飲料都漏出來了，而且都把手沾得黏黏的。

「飲料都漏出來了啦！你是怎麼做事的？沒被客訴過都不怕是不是？」

群望忍不住不爽了。丟下袋子，直接對外送員開嗆。

但良憶看到袋子裡的內容物時，卻發出恐怖的驚叫。

「靠北喔，你是在叫什麼……」

良憶雙腿軟了倒在地上，剛才還在笑的他，現在卻不知道為什麼開始害怕、顫抖。

群望也瞄了一眼，瞬間，他的全身每一吋肌膚都凍結了。

因為袋子裡面的東西不是套餐，是老媽的頭。

「哇啊啊啊！」

群望因為慌張重重地摔倒在沙發旁。外送員把門關上，確實上鎖後，帶著不同於服務客人時冷酷笑容走來。

「你不是叫我帶著豬頭進來嗎？齁齁，我是豬，喊完了滿不滿意？」

媽媽被殺了……被砍下來的頭顱臉上帶著驚恐與痛苦，袋子下面還不停滴著血。

「生下你們這種跟垃圾沒兩樣的豬的女人，當然就是母豬了。」

「為、為、為什麼？為什麼要殺媽媽……」

「這就跟你們為什麼覺得外送員註定要成天被你們羞辱是一樣的道理啊，好玩嘛！」

他把剛才殺人用的血淋淋斧頭丟到一旁，然後從外送袋裡面，再拿出一把新的鐵鎚。

媽媽的屍體就倒在外面。外送員把它拖進來，以免被人看到。

「原諒我……對不起，我們錯了，原諒我……」

突然變成懦夫的群望強忍著顫抖，眼淚跟口水流滿臉跪地求饒：

「一時好玩，大哥請原諒我……請你饒了我吧！」

外送員用毫不在乎的眼神扯住群望的衣領，眼中充滿怨恨與憤怒。

「你在叫我脫到全裸的時候，有想過接下來會變成什麼樣嗎？」

「對不起、對不起、對不起……」

失去語言能力的群望，開始尿失禁了。

「把人踐踏完了才說對不起是有個屁用啊！」

外送員把這段時間累積下來的怒氣灌注在鐵鎚裡，接著用力敲在群望的腦袋上。

「啊啊啊啊啊啊！」

他的頭蓋骨被這一鎚敲到碎裂了，與之相應的恐怖痛楚讓他痛苦地倒在沙發邊翻滾。

「痛……咳咳……不要……啊啊啊啊啊！」

良憶只敢縮在角落看著哥哥繼續被外送員毆打，打到開始放聲呻吟掙扎，卻什麼也不敢做。

「你們知不知道準備食物有多辛苦？每天有多少人要來？什麼叫不照你們的話做就可以客訴？啊？自以為是個屁啊！侮辱人很好玩是不是！你去全裸站在別人家門口試試看是什麼感覺好不好！被別人當成變態你們很爽是不是！你們這些他媽的軟弱無能只會出張嘴又沒同理心的廢物，為什麼不快點徹底從世上消失啊？死吧死吧死吧！」

五分鐘前的哥哥，現在已經被外送員亂鎚敲得面目全非，變成恐怖的死屍。

他邊怒吼邊敲著，像是想把眼前的屍體敲到變成絞肉那樣兇狠。

「幹你媽的咧！不是有錢很囂張嗎，把人當成猴子來玩的是不是！看我宰了你們這些不事生產只會給人添麻煩的人渣，該死的屎蛋！羞辱人很爽是不是？」

這個人腦子一定是壞了，哪有人會為了這種事就殺掉兩個人的？良憶已經不知道該怎麼辦了，除了發抖什麼也做不了。

「饒了我、饒了我、饒了我……」

外送員丟下群望的死屍，接著走向良憶。

「剛才說要客訴我，叫得很大聲啊？」

他掰開良憶的嘴巴，接著用沾滿血的右手抓住良憶的舌頭。

「看你還叫不叫得出來！」

他用準備好的水果刀，用力朝舌根捅下去。他慘叫，然後外送員再朝良憶的臉亂捅幾刀，心臟與肚子也補了幾下。

惡作劇的兩兄弟全死了。客廳裡可怕的慘況，外人看到了恐怕不忍直視。外送員大口喘氣，臉上浮現充滿成就感的笑容。

「太好啦！！」他高興地叫著。

「你們懂為了賺錢還要被人百般踐踏的感受嗎？該死的、你們根本不懂……根本不懂……不懂你們毀了多少人……」

本來高興吼叫著的外送員說著說著，眼淚卻不禁從他的眼眶中流下。

然後，他跪在死了三個人的客廳裡，像個孩子一樣掩著臉開始嚎啕大哭。

Resistance
抵抗

It's the greatest resistance of a younger sister.

「嗯哼哼，嗯哼哼，啦啦啦！」

清晨，身為人類的哥哥在妹妹快樂的哼歌聲和切菜聲中醒來。

這個同父異母的妹妹的名字是二之夕月迴。換言之，自己的母親雖然是人類，但她是另一個妖怪母親所生下的妹妹。

這個妹妹是妖怪二口女。在傳說中，後腦杓上會張開另一張大嘴，用頭髮代替手臂抓取食物來吃的妖怪。

簡單來說，自己的爸爸外遇了，如今才會有這個妹妹。雖然大人間有不少複雜的事，但他已經往生很久了，這些事他早已不在乎。

更重要的是，妹妹很可愛。她的身高大約一百五十公分左右，一頭染成洋紫色的長髮還有可愛的眼睛讓她看起來更像洋娃娃。

她也很喜歡身為哥哥的自己。雖然自己的興趣就是整天在房間裡開發各種改造兵器，但妹妹依然不在意，只是心甘情願地照顧自己。

所以，自己也不能辜負妹妹支持自己的心意，他在內心想著。

假日早上，他起床刷完牙後就抓著翹得亂七八糟的頭髮走進來，盤子上已經有數十份水果三明治。穿著圍裙的月迴心情很好地切水果與吐司，她的廚藝意外地還不錯。

「早安！」

除了雙手，她的頭髮也正在自在地抓菜刀切片、塗果醬、擺盤，其中一束還親切地把製作好的三明治送到哥哥面前。

「這個是為了最愛的哥哥做的三明治，裡面夾了昨天偷偷買回來的奇異果與蘋果，還淋上我為哥哥特別買回來的楓糖，哥哥一定會喜歡的！」

「咦咦！真的嗎？」哥哥聽了心情也興奮起來：「謝謝妳，月迴醬！」

「哥哥開心月迴也覺得開心喲！」

月迴看著哥哥吃著三明治的滿足模樣，臉上也露出笑容。

每個週末，哥哥的三餐都讓妹妹來料理。因為身為妖怪的她吃得很多，所以就順便替哥哥作了一份。

人類的哥哥跟妖怪妹妹一起生活在同一個屋簷下，這種事果然還是很不可思議。

「哦哦？除了楓糖，裡面還加了點鹹鹹的鹽對吧？」哥哥再咬了一口：「兩種味道混搭得很好，雖然不太會形容但是超好吃！」

「真的嗎？」月迴妹妹露出讓哥哥好想疼惜的笑容。

這時，她輕輕地走到哥哥身旁，從只有幾十公分的距離，哥哥看到月迴的臉上露出有點害羞的笑容。

「那、那個……」

欲言又止的態度讓她的臉蛋更可愛了。

「我……我有件事想拜託哥哥……」

「什麼事呢？」哥哥也用溫柔的表情回答：「哥哥如果做得到的話，一定會幫妳喔！」

「真的嗎？」月迴的眼睛閃閃發光：「這件事……哥哥現在就可以做得到喔！」

「咦？」他大吃一驚。現在才早上耶，該、該不會是早上就想要做色色的事嗎？這麼突然，自己還沒有做好心理準備啊！

「是什麼呢？」

月迴臉上露出得逞的笑容。

「我想要把哥哥整個人吃掉！」

她背後的長髮卻在一瞬間突然像食人樹的藤蔓般伸長，接著綁住不知所措的哥哥四肢，朝著廚房的牆壁重擊。

「哇啊啊啊！」

因為不合常理的重擊痛得大叫一聲，但少女的攻擊還沒結束。

她那像章魚觸手般自由操縱的頭髮再次把哥哥整個人從腰部捲起，這回竟然把他整個人甩向天花板，讓哥哥第一次體會到像從兩層樓高摔下來的恐怖痛楚。

「嗚呵呵，哥哥真的是很好騙的生物呢！」月迴妹妹依然維持笑容，抬頭看著被她用頭髮懸吊在半空中的哥哥。

「等一下、為什麼？我明明很疼妳啊！我們不是相處得很好嗎？」

「嗯嗯，那是因為要把哥哥養胖養肥變得好吃點，順便養到沒有抵抗力的關係啊！」

「妳……我比妳還要大隻耶，妳要怎麼把我吃掉？」

「哥哥你忘了嗎，我是妖怪啊。」

月迴低下頭，他看到妹妹的後腦杓上出現了一條裂痕，接著裂痕竟然直接打開露出裡面的牙齒與舌頭，然後是那深不見底的喉嚨……

「喂、我們有話好說啦、為什麼要把我吃掉啊！妳把我吃掉的話還有辦法一個人過生活嗎？」

「是哥哥沒有我才沒辦法生活吧！可是看在跟哥哥相處很愉快的份上，我會讓哥哥別那麼痛苦喲！永別了，哥哥就在我的肚子裡面陪我吧！」

笑嘻嘻地張大後腦杓上的血盆大口，月迴作出最後的道別。

在哥哥還沒說遺言前，他的腳已經被塞進妹妹後腦杓的嘴巴裡。

哥哥整個人只花了三秒就被吞下去，就像是用嘴巴吸食果凍一般滑順。

而且不可思議地，月迴並沒有因此身體被撐大或變胖，還是一樣嬌小。更貼切點形容，哥哥就像收進四次元百寶袋一樣，被妹妹吃掉了。

「哥哥的味道好好吃，肉質好棒！」

月迴閉上後腦杓的嘴巴變回原本的普通女孩，開心地稱讚著早餐的美味。

「呼！既然已經把哥哥吃掉了，那接下來就準備一個人的生活用品吧！」說著，月迴撿起哥哥掉在地上的錢包，準備買新的東西。

另一方面。

在穿過食道往下墜後，哥哥感覺到自己的身體像是被擠壓過似的疼痛。

「好痛……這裡是……」

眼前一片黑暗。他從口袋拿出手電筒，照亮眼前。

眼前的空間的天花板大約比自己的身高再高一些，能容納三十個人。四周都是暗紅色的軟壁，看起來有些濕黏與凹凸不平。空氣中充滿著像是肉類腐爛的味道。

然後哥哥想起，他剛才被妹妹吃進肚子裡了。但自己明明比妹妹還大，被吃掉後卻好像變小了，到底是怎麼回事呢。

「喂，快放我出去！」

他用力踢妹妹的胃壁，還打了好幾拳，但胃壁依然沒有動靜。連續敲打了五分鐘後，哥哥才精疲力盡。

「真是的……為什麼會被妹妹吃掉啊！」

他叫著，這時手電筒照到一個黑暗的角落，他看到意想不到的東西。

「救我……拜託你們救我！」

有個穿著跟自己學校一樣高中制服的少年倒在那裡。

「帶我離開這裡……拜託……我已經受不了了……」

但是他身上的衣服已經被腐蝕得很嚴重，下半身同樣像被強酸腐蝕過那樣血流不止。

「為什麼你會在我妹妹肚子裡面？」

「我本來……是想跟月迴……告白的。」他斷斷續續地說著：「但是……月迴突然張開另一張嘴巴……把我吃掉……然後就……」

少年話還沒說完，他便失去了意識。看他的樣子，應該是被消化很久吧。

而且角落還有一堆像是人類骸骨的東西，大概是以前被妹妹吃掉的人類。這樣子一來以前這附近的學生與上班族的失蹤事件就說得通了。

在月迴的肚子裡面掙扎，就像是一隻螞蟻試圖想要從人類的腹中逃脫一樣困難。

不過，月迴好像忘記她的哥哥是什麼人了。

他的哥哥可是能獨力開發兵器的男人啊！

把哥哥吃掉後，月迴換上休閒服，心情愉快地來到街上閒晃。

「太好了！把哥哥吃掉之後心情真好，今天開始終於可以自己一個人過自由的生活了！再來點心要吃什麼呢？來吃別人做的可麗餅好了？」

月迴舔舔舌頭，露出準備享受美食的愉快表情。正好附近有賣可麗餅的攤子，趁今天把十種口味全買一遍然後慢慢品嚐吧！

在她打算向店員說「全部給我一份」的同時——

一陣劇痛從肚子傳來，月迴痛得不禁當場跪在地上，嘴裡吐了一大口鮮血出來。

「啊啊啊……怎麼……發生什麼事……」

她衝進附近沒人的巷子裡面，接著又吐出大量的鮮血。是哥哥，一定是在胃裡面的哥哥做了什麼！

「月迴醬，快把我放了吧！」哥哥的聲音從胃裡面傳出來：「剛才哥哥不是故意把炸彈裝在妳的體內的，快把哥哥吐出來吧！」

「別……別想……」妖怪少女用力摀著自己嘴巴：「你等著……死在我的肚子裡……」

碰——！又一陣比被捅一刀還疼的劇痛傳來，她痛得倒在地上打滾，後腦杓上的嘴巴也開始吐血。

「哥哥還有好幾顆炸彈，可是哥哥不想再傷害我最愛的妹妹的身體了！快點把哥哥吐出來吧！」

「不要……」月迴頑強地閉著嘴巴：「哥哥……安靜一點……乖乖在我體內……讓我消化掉……」

「妳太大意了。我身上還藏了好幾枚炸彈，要把哥哥吃掉的話要先把哥哥脫到全裸才行啊？」

「變態……」月迴腦袋後面的嘴巴發出咬牙切齒的聲音。

哥哥的聲音繼續從自己的胃裡發出：「為什麼要吃掉我？」

咬牙切齒的月迴沉默幾秒，這才開口。

「因為……這樣子才能跟哥哥永遠在一起啊。」

「嗯？」

月迴撐在牆邊，對著肚子裡的哥哥說道：「我是妖怪……所以哥哥總有一天會離開我，然後跟另一個人類女孩永遠在一起吧。」

哥哥沒答話。

「但是……只要哥哥吃掉的話，我就可以永遠跟哥哥在一起，就不用害怕哥哥遲早會從我身邊離開了！還有哥哥很煩，所以才要吃掉……」

「這樣嗎。」

哥哥若有所思地說著。

「不管妳是妖怪還是外星人，哥哥都不會拋棄妳。」

「別騙人了，有證據嗎？」

「證據就是哥哥雖然現在被妳吃進肚子裡了，可是還是沒有一口氣把妳的肚子炸開逃出來啊。」

哥哥用完全不怕的聲音說道：「還有哥哥很煩……但是那就是哥哥也很喜歡妳

的證據！如果是不喜歡妳的人才不會來煩妳呢！」

「……」

「所以快點把哥哥吐出來！不然妳一定到死都會後悔喔！」

猶豫了好久的月迴，終於張開腦袋後面的嘴巴，在一陣嘔吐聲後，全身沾滿胃液的哥哥、同校同學還有幾具骨骸就這樣被吐出來了。

哥哥把身上的黏液抹掉，但被困在月迴體內好幾天的同學已經發瘋，倒在地上發出失神的笑聲。

「你是認真的嗎……」

「當然。」

哥哥把二口女妹妹緊緊抱住，讓月迴被自己的胃液沾得滿身都是。

「就算妳想要把我吃掉，但哥哥還是會這樣緊緊抱著妳。放心吧，哥哥絕對不會丟下妳一個人不管的。」

「哥哥不怕我嗎？」

「剛才嚇死了。但是因為妳是我的妹妹，不管什麼樣的錯哥哥都可以包容。不管妳是外星人還是什麼東西，我會相信只要能讓妳感受到溫暖，那妳一定會慢慢放下敵意。」

明明被自己吃掉，哥哥卻還是這麼溫柔地抱著自己，讓月迴感動到快哭了。

「哥哥對不起……以後不會把哥哥吃掉了，請原諒我吧！」

「當然。只要妳坦白地認錯然後改過的話，我不會度量小到連這麼點小事都無法原諒啦。」

「太好了！」

兩人緊緊抱在一起。

然後月迴後面的嘴巴把哥哥的手咬斷了。

在哥哥還來不及慘叫時，月迴又把哥哥上半身咬斷吞掉，然後再吃下半身。最後，好不容易被吐出來的哥哥又被吃掉了。

「果然還是先弄死了再吃掉才是正確的，嗝。」

前後兩張嘴巴同時打嗝的二口女月迴，對自己剛才的演技非常滿意。

既然哥哥有手段能反抗，那麼妹妹也有身為妹妹的反抗手段。

那就是演戲。而且從剛才說什麼想要跟哥哥永遠在一起的那些話，全都是為了騙哥哥丟掉武器隨口編的。

而且幸好這個人類妹控很好騙，月迴才能這麼順利把他咬死。

所以這次哥哥就會乖乖待在自己的肚子裡，不會再出來亂了。身為二口女的妹妹很高興。

「果然哥哥真的是很好騙的生物呢。」

Spontaneous human combustion
人體自燃現象

Anger is just like "Spontaneous human combustion",
it burns you from inside out.

早上七點起床的鬧鐘在床頭響個不停，建毅睡眼惺忪地按掉鬧鐘，在漆黑只有窗外微光的臥房裡起身。

昨天沒吃晚餐的空腹感依然存在。摸摸肚子感到煩躁的他下了床，準備到外面買早餐。

空氣中飄著一股燒焦味。建毅抓著鑰匙出門，在快到一樓的樓梯間那邊，倒著一具燒焦炭化的老人屍體。屍體燒焦已經一段時間，除了殘餘的焦味外，只剩下可怕的冰冷。

建毅跨過炭化屍體，朝著巷口便利商店的方向走去。

便利商店裡面也有炭化的屍體。像倒在櫃檯後面還粉碎掉的那具屍體身上還穿著便利商店的制服，一看就知道是店員。

座位區那邊也倒著五、六具屍體，有穿著依稀可辨識校名的學校制服的學生，也有手中還握著手機，生前應該還在跟客戶談生意的上班族，手機畫面已經因為開機時間過久沒電消失了。

「我今天也買泡麵。」

對著店員的焦屍說完，建毅把幾枚硬幣丟到櫃檯上，自己從還沒故障的熱水機裡倒熱水，再拿免洗筷自己享用早餐。麵包已經腐壞了，建毅只好吃泡麵當早餐。

上班尖峰時段的路上塞滿車子。不過建毅知道那些車都停在那邊超過一星期了，每輛車子裡的乘客、駕駛全都燒死、炭化了，路上也到處都倒臥著行人的焦屍。

街上的人類雖然死了，但是蒼蠅一類的蟲子還活著。牠們在建毅身邊飛舞，吃完泡麵的建毅覺得相當不耐煩，手輕輕一揮：「燒死吧。」

剎那間，蒼蠅們體內全都湧出火焰，接著化作空中的微塵消散在空中。

路上除了建毅以外已經看不到活人。

餐廳座位上的焦屍還抓著刀叉，原本是服務生的焦屍也還抓著點菜單。

辦公室裡原本應該在加班的上班族們也燒焦了倒在桌子上，變成焦炭以後，根本分不出誰是主管誰是員工。

人雖生而不平等，但此刻人死而平等。

看著只剩下一片雜訊的電視畫面，建毅猜得到世界上的人真的都死光了。以前在好萊塢電影上看到的世界末日景象，現在真的降臨了。

但為什麼只有他活著？

整件事的開端是在一星期前，建毅跟女朋友發生了爭執。

「為什麼又瞞著我浪費了這麼多錢！？」

建毅憤怒地盯著女朋友丟在床上的商品，那分別是Gucci的二〇一七日本限定款包包，以及比利時名牌Delvaux的藍色袖珍包。光是聽到前者的名字，就能猜到兩個包包的價格加起來一點也不便宜了。

更過火的是，女朋友還是瞞著建毅，用他的錢偷偷買的。他的信用卡有消費通知，她擅自拿走了他藏在大衣口袋裡的鈔票。

以前建毅知道女朋友有喜歡買名牌包的興趣，因此也買了幾個送她。但她的行徑越來越過火，不只想要的越來越多，她不滿足的模樣，已經讓建毅懷疑她是不是要一年能替換三百六十五個名牌包才會快樂。

「別這麼生氣嘛。」

女朋友的口氣輕描淡寫得像是去便利商店偷買包菸來抽那樣。

「還不都是因為你都不肯買給我……」

「我買了多少包包給妳啊，妳說？」建毅氣憤地指向角落用來掛包包的衣架，那上面十幾個五顏六色的名牌包，裡面從香奈兒、PRADA到Burberry限定款，總價加起來恐怕已經超越了建毅的年薪：

「用我的錢買了這麼多，妳還不滿足嗎？」

「女生要趕流行，不買這麼多的話是趕不上的。」她理直氣壯。

「妳還敢說這什麼話！」

建毅憤怒地甩了女朋友一巴掌。臉頰彷彿被鐵鎚重擊的女子摔倒在床上，意識到發生什麼事後，不禁火冒三丈的她也站起來用力撞回去。

「就買幾個名牌包的錢算什麼？這樣子就不爽的話，大不了我把錢還給你嘛！」

「現在的問題是妳一直在浪費錢！怎樣、我每天上班跑業務累得要死是讓妳這樣子花的嗎？妳到底有沒有好好想過為我們以後的未來存錢這件事啊？」

「有啊！那你他媽的怎麼不檢討自己的薪水怎麼一直都無法再更多啊？要不是你賺的錢太少，現在就不會發生這種事情了！」

「這句話輪不到妳這個每個月賺不到多少錢的人來說！」生氣的建毅扭住了女朋友的手，讓她痛得大叫：

「莊建毅，你這個該死的賤男，快放開我！」

「我該死？妳這種拿著我的錢每天享樂，沒得享樂的時候就從背後捅我一刀的女人才去死吧！」

一股怒火瞬間吞沒了他的理智，等到他意識到一股力量從自己體內湧出時，一切已經來不及了。

眼前的女朋友猛然瞪大眼睛，像是有什麼東西從體內爆開似地痛苦。瞬間，她的腦袋像劃過盒邊的火柴燃燒起來，接著是軀幹、四肢，她整個人的身體像被潑了汽油般熊熊燃燒，連意識到自己身上的異變然後喊痛的時間也沒有，她就已經由內而外瞬間化成難以辨認的焦屍。

焦屍倒地，變成一堆摔碎的黑炭。建毅不傷心，腦中反而還有股解放的感覺。累壞了。每天被生活壓得喘不過氣來，結果辛苦錢還要被豬女友浪費掉。如釋重負的他到陽台拿了掃把與畚斗，把女朋友的灰燼掃起來倒進垃圾桶。

這不是巧合，她的身體會自己燒起來是建毅幹的。在他的怒火達到頂點的時候，建毅體內的能力就會出現，讓對方的身體瞬間燃燒。

從以前到現在，他很理性地抑制自己的怒火，為的就是不要再燒死任何人。但他的父母已經不見了，學生時代的同學們也離他而遠去。他的憤怒就像對這世界的詛咒，沉重而可悲。

在他盤算怎麼處理那些名牌包時，建毅的手機卻選在這時候響起。

「建毅啊！為什麼你負責的客戶又打電話來客訴你了啊？你這個月是要被客訴

多少次才甘心啊！」

講完這句話，手機另一端的老闆又開始用各種難聽甚至是貶低他的智商的詞罵他。建毅的瞳孔開始燃起屈辱的怒火，他累了，每天都這麼累了，結果換來的就只有讓人失望的結果還有老闆威脅的言語。

沒救了，現在的生活讓建毅覺得真的沒救了。他已經不想思考，接著對著手機大吼：

「住口吧！給我去死吧！」

接著手機傳來老闆被烈火焚燒的可怕慘叫，再也沒有任何聲音。

他失望了。自己不該對這世界的一切抱有能改善的期望，對一件事有越高的期望，之後總是會讓人失望得更深。

女朋友不值得信任，職場也只剩下厭惡與失望，他現在只希望全世界瞬間消滅掉，然後讓他再也不用為這些狗屁倒灶的事煩惱。

「去死吧……全世界都去死吧！」

疲累的他，腦中已經被再也控制不住的怒火溢滿，然後對著眼前的世界大吼。

在建毅大吼著讓怒火從體內發散到外面時，恐怖的毀滅性災難開始了。

從男子所在的公寓住戶為中心，每個人都瞬間變成人形火炬並熊熊燃燒，從還在嬰兒車裡面不到三個月的嬰兒到剛要走上樓梯的七十幾歲的老人全燒死了，像發光發熱後的煙火只剩下炭黑的殘骸。

接著街上的人也全部無預警地燒起來然後死去。整座城市像被無形的核爆捲入般，每個人都變成無數的火球燃燒，一座有二十五萬人口的城市就有二十五萬顆火球照亮夜晚，整個縣就有成千上萬顆火球照亮世界每個角落。

世界各地，無論男女老幼貧富貴賤都燃燒起來了。

有錢人喝著高檔紅酒時燒死了，流浪漢在報紙堆裡取暖時也燒死了，在水裡流澡的人體內也冒出火焰並把洗澡水全加熱到沸騰蒸發後也燒死了，不論在潛水艇裡的軍人還是在一萬英尺高空班機裡的乘客也全都燒死了，世界上每個想得到與想不到的角落裡的人類都在半小時內被超自然的火焰纏住，接著在什麼也不知道的狀況下死了。

美國總統在白宮記者會裡跟著記者與國務卿等人燒死了，以前愛放煙火的金將軍也全身起火燒死了，本來要報導這一系列人體自燃現象的電視台記者、攝影師、工作人員也都燒死了，中東國家裡每個軍人、平民、恐怖份子也都自燃燒死了。七十幾億的人類都變成七十幾億顆火球，整顆地球在這短短的一小時內發出了最強的光芒，全球的溫度還因此升高了幾度。

建毅自己就是讓全世界人類滅亡的罪魁禍首。

一星期過了，如今他一個人獨力燒死了全世界七十多億人口這件事依然像一場夢。

他甚至不知道自己體內的能量竟然高到能燒死這麼多人，自己是核彈轉生的嗎？他自嘲。

建毅坐在自家的陽台前看著天空，外面不時可以聽到某處因為機械失控而爆炸的聲音，或是某處開始自己燃燒起來升起不祥狼煙的風景。

「有人在嗎？」

他用後悔的聲音對著無人的城市大喊著。

「有人還沒被燒死，還活著的嗎？聽到的話就回應我……拜託啦！快回答我啊！」

他後悔地搥著鐵欄杆，搥到雙手都已經破皮流血為止都還不停止。

「我錯了……我犯了罪該萬死就算下地獄被火燒成灰也沒辦法補償的罪……我該現在就把自己燒死的，可是我做不到……對不起、對不起啊啊！上帝你聽到了嗎？快懲罰我這種罪人，拜託祢，快點讓我死啊！」

他大哭著，然後為自己控制不住怒火的結果懊悔。

但這顆星球上已經沒有任何聽得到他的懺悔的人了。

在燒成死灰的星球上，只剩建毅一個人在無盡的後悔與對愚蠢的自己的怒火之中來回折磨自己。

Telepathy 心電感應

When you are upset, you will really want someone listen to your heart with telepathy.

少年帶著難過想死的眼神，趴在陽台上看著外面的夜景。

他想死，沒錯，現在少年的腦中就只有死的念頭。因為在學校裡面就只有叫人難過和痛苦的事，像是被班上同學用髒話辱罵、取奇怪的綽號、強搶錢包和課本，或是在背後傳不實謠言說他媽媽是妓女在酒店上班。靠腰咧，妓女跟酒店小姐是不同的職業都不知道嗎？

但最叫人傷心的，果然還是前天他被那個從以前就看自己不爽的大塊頭從樓梯上撞下去的事吧。

他摔到地板上，骨折的痛楚讓他大聲哀叫。班上同學圍過來看著他，笑聲大到就像在看馬戲團海獅表演，他們之中竟然連一個出手幫忙自己的人也沒有。

老師趕來了，記那個大塊頭申誡。但自己因為骨折沒辦法正常行動，昨天起只好休學靜養，爸爸正在跟那個人渣的父母打官司。只記申誡有什麼用啊，自己可是已經痛苦得快要死了耶，那個大塊頭一定只把申誡當成看自己痛苦掙扎的觀賞費吧。

好想死好想死好想死。這個世界已經沒救了，大家一起死吧哈哈哈哈哈！

腿裡面的疼痛害他連走一步路都像被地獄烈火灼燒，他真的除了這件事什麼都沒辦法想。

如果從這裡直接跳下去不知道會不會比較輕鬆？

望著五層樓高的夜景，夜風吹得他心灰意冷。

這時，有個不尋常的人物吸引住少年的目光。

在對面大廈大門口旁有盞路燈，燈下有個全身白衣的女性站在那。

當她進入少年視線時，一股不知從何而來的寒意朝少年腦門直襲。

明明在戶外，女子竟然赤腳站在水泥地上，她動也不動地站著，更詭異的是，她的長髮竟像浸在水中飄散般在空氣中飛揚。

女子這時轉過身，望向少年家陽台的方向。

少年抽了口氣，年約二、三十歲的女性臉很正常，但皮膚蒼白，眼睛周圍卻像熊貓一樣一團漆黑。而且正看著這裡……不，只是剛好在看同一個方向的別的東西吧？

在他這麼想時，女子忽然開始搖頭，接著伸手指向他。

真的假的？少年不禁恐慌，自己根本不認識她，況且對方很明顯不是人，自己怎麼會被奇怪的東西盯上？

熊貓眼女這時拍拍自己的左腿，再指著少年，像在問自己腿還好嗎。

他思考是不是這個意思的同時，女子用力點頭，就像自己的心思都被她看穿了那樣。

然後，她做了個往前跳水的姿勢，接著在胸前比了個大大的叉叉。

她要自己別跳下去。

怎麼回事？那是他剛才想的念頭耶？明明連聲音都沒發出來，她怎麼會知道？

女子咧嘴微笑，五隻手指在嘴邊用力開合，示意他開口說話。

妳是誰？少年開口。

她飄移到能讓少年看得更清楚的位置，高舉右手食指勾了幾下，那好像是「死翹翹」的意思。

妳不走嗎？女子這回指著腳下地板，但少年不懂意思。

妳在這幹嘛？她在耳邊比了個傾聽手勢，然後指著自己。

妳聽得到我的聲音？她點頭。

妳幾歲？她比了兩根手指後再比六根。

沒人可以聊天的少年，突然覺得這樣跟女子溝通的方式也蠻有趣的。雖然不知道大姐姐是誰，但自己連差點幹掉自己的惡霸都見過了，就算真的是鬼又有什麼可怕的？

他用只有自己聽得到的音量，跟這個大姐姐聊了一晚。

連名字都不知道的大姐姐，在過了凌晨零點後消失了。

少年的意識再次回到受傷的腿上。這由內而外的痛楚讓他苦不堪言，無論在床上怎麼翻滾都無法解脫。

除了看書、電視跟上網外，少年什麼都沒辦法做。他覺得自己好像被世界拋棄的廢人，在大家都過著正常的生活時，只有自己被丟在世界的孤獨角落苟延殘喘。

他開始期盼著能跟那個大姐姐聊天的時刻。

已經不是人類的大姐姐會在晚上十點過後的時間出現在相同的位置。

雖然大姐姐只會用各種手勢與動作來跟自己溝通，但少年都還猜得懂意思。不過也有許多少年必須自己開口確認的時候。

像是她指指少年，然後比了雙手枕在臉頰下睡覺的姿勢，他得問大姐姐是不是問自己睡得好不好，才能再回答她。

睡得很好，雖然有時會因為腳在痛而半夜醒來，他有點不快樂地抱怨。

這時大姐姐雙手握緊拳頭，用加油手勢作出無聲的聲援。

我什麼時候才會好？他問。但大姐姐也一臉困惑地搖頭，她也不知道。

大姐姐的工作是？然後大姐姐伸長雙手做出敲鍵盤還有接電話的動作，看來是辦公室類的。

如果今天換成別人的話，肯定只會想趕快逃離那個幽靈姐姐的視線範圍。但少年如今反而每天晚上都在期待著能跟她聊天的時光。

反正開電腦上線也沒有能陪自己聊天的朋友，一想到這裡他又不禁覺得自己是世界上最不被需要的人類。

然後最爛的壞消息，在某天出現了。

民事訴訟的結果是，當時大塊頭把自己推下樓梯的一幕沒有人願意出來證明他是蓄意的，同時事發的樓梯間也沒有監視器畫面能證明，因此大塊頭的家人只要賠償醫藥費，不需要接受別的懲罰。

世界上哪有這種事！

少年人生中從沒這麼絕望過。放屁，撞得那麼用力怎麼可能不是蓄意的？大塊頭的爸媽是塞了多少錢給法官啊？這個世界上的人的眼睛都瞎了是不是？為什麼班上的同學全都站在那個該死的混蛋那邊？

那天夜裡他拖著還在疼痛的腿來到陽台，把失望與怒火全吼叫出來。

爸爸雖然說還會上訴，但現在那個該死的人渣一定在笑吧？笑自己沒權沒勢又小隻，官司用腳趾頭打都打得贏。

為什麼這個世界老是只有欺負弱者的混蛋會贏？

他的腦中只有怒火，他想死，想要讓這個世界徹底毀滅死光，整個宇宙都一起滅亡好了，如果人活著只是被其他人踐踏的話，那這種世界是有個狗屁意義啊？

他走進廚房，拿出媽媽平時沒用過幾次的菜刀。

他舉起菜刀，就算現在死了大概也沒人會為自己哭泣吧。一想到這，就難過得讓他沒辦法接受。

在他閉上眼睛，準備一鼓作氣刺下去時，他在身後感受到不尋常的寒意。

一回頭，那個有熊貓眼而且頭髮飄揚在空中的幽靈姐姐，竟然無聲無息地出現在自己身後。

突然看到她出現在家裡，少年嚇得跌坐在地上，菜刀落在地上發出清脆的鏗鏘聲。

她的神色略嫌失望，舉起手，打了少年一巴掌。

雖然她的手碰到自己的身體時，只有一點點輕微的觸覺，但少年感受得到，她很生氣。

為什麼要做這種事？

幽靈姐姐正用眼神正對著少年說這句話。

少年滿臉困窘地轉過頭，他發現自己不敢直視這個大姐姐的眼睛。比起害怕，少年現在更覺得自己非常對不起她。一陣羞愧感從心底湧現，將少年整個人包覆起來。

蒼白的大姐姐，這時舉起自己的手讓少年看。

縮起身子的少年抬起頭，他看到她的手臂上布滿了不尋常的傷痕。有的像用刀割的，有的像用刺的。如果要形容的話，除了體無完膚大概沒有別的詞了。

還沒看過這麼恐怖的樣子的少年，不禁張大嘴巴。

明白少年感受到恐懼的大姐姐把自己的手收回。

她指指掉在地上的菜刀，然後再次比了個大大的叉叉。

接著她抓著自己的喉嚨，表演著很痛苦的模樣。表演完，她示意少年把菜刀收回去。

第一次對眼前親切地跟自己聊天的大姐姐產生恐懼的少年，乖乖地把它收起。

為什麼？我的人生明明就沒希望了。少年直視著她的眼睛心想。

然後她指著自己受傷的腿，再指指自己傷痕累累的手，搖頭，似乎在告訴自己還不需要對人生感到絕望。

妳知道我有多痛苦嗎？少年問。

大姐姐輕輕點頭，她臉上的表情比起笑容，更像是愛莫能助的無奈。

然後，飄在空中的大姐姐輕輕地摸一次他的臉，非常溫柔地重新比了個加油的手勢。

少年因為竟然有人會關心這麼窩囊的自己，忍不住流下眼淚來。

大姐姐摸了摸自己的頭，接著朝著門口飄出去，消失在自己的眼前。

他邊擦著淚，邊重新平靜地思考自己剛才到底在做什麼。

原來世界上還是有人會關心自己的……不，雖然不是人了，但還是很高興的事。

多虧幽靈姐姐出現，少年的腦袋終於能從絕望感中冷靜下來。

在那之後，那個幽靈姐姐就沒有再出現在他面前。

一個月後，官司的結果翻盤了。

因為學校裡找到了一名當時偶然經過並目睹大塊頭蓄意衝撞自己的別班學生，二審的結果改判大塊頭有罪，必須再賠償數十萬元的金額給自己。

對少年來說，這間不停傷害自己的學校已經沒有任何待下去的意義。就算大塊頭的家人在那邊抗議一堆像判決不公的屁話，少年也不想再管。

在那之後，他轉學到了另一間全新的學校。

他的內心還是帶著一點點的不安。他不知道新的學校裡面會不會又有人看到自己超好欺負的模樣，所以再過來給自己一次衝撞。

也不知道會不會又有人再替自己取難聽的綽號，還拿這些綽號來開玩笑並自以為幽默。

更不知道自己在這個新的班級裡面，是不是有辦法重新開始……

無數的困惑與恐懼圍繞在少年的心頭。現在的他站在教室外的走廊上，準備等老師叫他進去進行自我介紹。

一切真的都會好轉嗎——

這時，有人從自己背後推了自己一把。

他猛然回首，走廊上除了自己什麼人也沒有。

但少年愣了一會後，他知道那是誰了。

然後他在心裡默念。

謝謝妳。少年心懷感激地在心中對那個可能在這也可能不在這的對象感謝。

如果沒有妳的話，我現在可能早就不在這個世上了。

如果沒有妳的話，我或許也沒辦法撐過這段時間。

而且更重要的是，妳也讓我知道這個世界也沒有想像中的那麼糟。

不行，再想下去的話就要哭出來了。他擦擦眼角，假裝沒事。

老師叫到自己了。雖然少年依然無法拭去心中的陰影，但他還是決定走向前，然後勇敢地面對可能出現的障礙。

加油——

少年好像聽到走廊上，有個從沒聽過的女性聲音迴盪著。

Usability
用途

The best usability of gangsters is: experiment.

「幹，最近無聊死了……江世銘那麼好玩的人都被打到不敢來上學，害我好無聊喔！」

一間位於商業大樓一樓的泰式餐廳門外傳來某人忿忿朝木門踢一腳的聲音，接著門被拉開，一群穿著虎皮紋外套的國中生走進來。

世紀國中二年級的這夥人被取了個虎皮幫的綽號，因為頭頭洪成知每次在學校外面都披著一件虎皮紋的外套，跟隨他的人為了討好也一起模仿，再加上他們惡名昭彰，所以外面的人一看到穿著虎皮外套的這夥人也無法露出好臉色。

替其他用餐客人倒茶的服務生一看到虎皮幫也嚇得花容失色。他無視其他客人驚駭的表情，拉了椅子就把雙腿抬到桌上。

「看到我來了是不會拿啤酒來喔！」

服務生一臉要嚇哭的表情連忙把幾瓶啤酒端上。同學也自然地像回到家一樣坐下，打開瓶子豪飲。

「只有啤酒啊？沒有卡拉ＯＫ可以唱嗎？」、「叫老闆娘出來跳脫衣舞啦幹！」國中生們大口喝著與搶奪無異的酒，一邊喊著毫無羞恥的話。

一旁的客人之中，終於有人站出來了。那是名中年婦人，他走到成知背後，用對孩子說教的口氣說道：「你們幾個會不會替其他人想一下？這裡還有其他客人在吃飯耶！」

嫌惡的表情露骨地展現在成知臉上，他順手把啤酒直接朝婦人錯愕的臉潑下去。接著，他拿起手機開始說話：「喂，昇哥嗎？我阿成啦！你今天有沒有要到泰國餐廳討債？我在這被人嗆聲了，你快過來……喔，你就在附近而已喔？快來幫我啦！」

過了三分鐘，門一開，好幾個穿著雨衣戴著鴨舌帽的男子衝進來，在被稱為昇哥的男子推門前，現場已經尖叫聲四起。

「怎樣，妳知不知道自己在跟什麼人嗆聲？」

國中生們得意地笑著，成知走到被男子們押在地上的婦人面前，用積怨已久的右手甩了一巴掌。

「這間餐廳欠我們家十幾萬沒還，來喝幾杯免費的剛好啦，妳在嗆什麼，蛤？」

「住手、不准動我老婆……」丈夫也跳出來，不過微胖的少年衝出去，一拳朝他肚子捱下去讓他雙腿一軟，接著兩人都被拖到廚房後面。

「有人敢再嗆聲，可以去廚房後面看他們的下場。」他比比不停發出悶嚎的廚房，這時自然無人敢再作聲，但他又補上了一句。

這一刻，沒有人覺得世上有任何正義存在。年邁的老闆縮在櫃檯後面看著惡煞們取走今天一天的收入，但卻連話也不敢講。昇哥數數鈔票，滿意地笑道：「老闆，好好做生意賺錢還我們喔！」

「懂了沒？這間餐廳欠我們的，我來他們這裡用酒菜抵債還算便宜了咧！」

客人們紛紛逃跑了。整間店只剩虎皮幫跟成知認識的討債集團圍坐一桌，好不容易上門的客人又消失了。

「打這種小嫩腳就是爽啦！」胖子大叫，然後大家哄然大笑。

洪成知的家裡是開地下錢莊的。這間泰式餐廳因為跟洪成知家裡借了錢還不出來，結果成為成知每天放學後放肆破壞的遊樂場兼私人招待所。

在學校裡被他收為小弟的人，也跟著放肆地在店裡白吃白喝。潮爽，怎麼鬧都不會被人抓起來的感覺真的只有潮爽兩字可以形容！

「等一下要玩什麼？」短小精悍的跟班把飯塞進口中，問。

「一起到捷運月台上烤肉，爽啦！」

「好啊！不愧是成哥，真是充滿創意的行程！」跟班繼續拍馬屁。

這時，一群身穿墨綠色制服，看似像警察的人從外面跑進來，毫不猶豫地便包圍成知一夥人。

「幹！你們混哪裡的，在我管的餐廳裡面也敢亂來？」

成知下意識地拍桌然後站起來，準備先跟對方對幹一架再說。但最前方穿著制服的男性沒有反應，抓著麻醉槍就直接朝他腹部開一槍。

「啊啊啊啊……」

麻醉瞬間就讓成知痛得昏厥過去。看到老大被電，小弟們直接抓了旁邊的椅子、棍子準備幹架。昇哥當然也不會讓老闆的兒子這樣被欺負，拿了刀就準備要對幹。

結果，眼前的不明組織竟然拿起手槍，用槍口抵著他的額頭。

「我希望你們可以配合我們的行動，否則我們有權利把你們當場射殺。」

「別自以為是啦，幹！你知道我們是誰……」

「世紀國中二年級學生洪成知組織的集團虎皮幫還有地下錢莊的廖得昇，擁有十二項恐嚇前科、十五項傷害前科還有七項詐騙前科，至於洪成知也有多項暴力、勒索前科……」

「幹你是說夠了沒啊！我們怎樣是輪得到你在這麼雞雞歪歪的是不是！操！」

「由於惡性重大，全員自即日起都成為實驗兼娛樂用動物。我們的行動全部有政府的認可。」

四周的部隊人員同時舉起麻醉槍，讓眼前充滿暴力衝動的生物們全部倒下。

不知道過了多久。

洪成知慢慢睜開眼睛，眼前最先看到的景象是一片白光。

「幹，這哪裡？」

當時人在餐廳裡面的所有人都被帶來了。全員身上穿的都不再是虎皮紋外套，而是像醫院病人服的奇怪白衣。

「幹，我的外套咧！」成知大吼，一腳直接把擔架床踢翻。

其他人也醒來了。發現自己的東西跟衣服全不見後，也跟著憤怒地亂嗆：

「出來面對啦！幹，這哪裡？你們想怎樣啦！」

房間除了床空無一物，但牆上有一道六十吋左右的螢幕。螢幕應聲開啟，上面有位面無表情的黑西裝男性。

「各位知道自己為何在這裡的理由嗎？」

「誰知道啦幹！操你媽的！」

「我想各位都知道這個世界的人口在世紀初的時候突破七十億，到了十幾年前的時候終於突破八十億大關……」

「講三小啦聽不懂啦！」

「因此，為了抑制人口同時去除對社會有害的因子，本公司的這項娛樂服務也應運而生。從今天開始，你們人生的用途就只剩下娛樂各位觀眾們一種而已。」

三小，這個人到底在講三小？

門開了，眼前出現了像迷宮般的複雜走廊。

「幹！有種出來跟我一對一單挑啦！」成知繼續嗆。

「想要單挑的話，你們的對手在房間外，走出來就會遇見了。」

螢幕畫面消失，十幾個人互望，沒人知道現在是什麼情形。

「出去把他扁死啦！」

「對啦、不把他扁死以後在外面混我們都會丟臉死啦！」

眾人你一句我一句地嘶吼大喊，成知也完全沒在怕，帶著所有人就直接朝外面衝出去。

像辦公大樓的走廊錯綜複雜，十幾個人邊走邊踢牆壁，卻沒看到半個人出現。

「幹……他們是誰，這樣要我們是要幹嘛？」

成知不解。

「管他是誰，全打爆就好了啦！」胖子叫：「反正我們這邊十幾個人還怕他……」

在胖子激昂地叫著的同時，他的頭突然被另一端射來的物體打中，當場像西瓜那樣爆炸。

虎皮幫的成員全嚇到變回屁孩跌在地上，不敢相信同伴身亡了。成知也跌倒，爬起身終於搞清楚怎麼回事。

對面有架約一百八十公分高的機器人。它剛才發射了高爾夫球大小的子彈把胖子的頭給打爆了。

「幹殺人啊！」、「快逃啦！」、「救命啊啊！」

平時把世間一切都當成自己的玩具踐踏的屁孩們全縮起來，只剩成知在附近找可以用的武器。正好，走廊上有人掉了一根拖把，他抓了拖把就直接朝機器人衝去。

「囂張三小啦！」

他發出不畏死亡的吼聲，然後用拖把死命毆打機器人。機器人試圖發射子彈，但它的槍管馬上被成知用力打歪。

接著看到它沒辦法再開槍的屁孩們衝上去輪番踹它幾腳，踹到它故障為止。

「幹！」成知再補踹一腳：「居然敢殺掉神豬……被我找到我就把你們全打死！不要以為我不敢殺人幹！」

「可是我不想殺人……」另一個肥仔跟班有點膽怯。

「你是不是男人啦幹！才殺幾個人是有什麼好怕的！」

成知把那具機器人的手臂硬扯下來，當成幹架用的武器：「管他是誰，被我找到的話我見一個宰一個！」

世界上只分兩種人，一種是欺壓人的，一種是被欺壓的。

成知他媽的就是不想當被欺壓的，那就要用盡全力去欺壓人。這就是成知的人生信條。

眾人繼續沿著走廊往前走，然後眼前又出現了另一架機器人。

這次的機器人從體內展開比球棒還長的砲管，砲口也一齊動作，準備在瞄準敵人時發砲——

「去死啦！！」

成知好像不知道死亡為何物，抓著機器手臂就衝過去，朝著砲管、機身一陣亂砸亂打。有幾個憑著氣焰旺盛要一起衝來的屁孩被每秒三百二十公尺速度射出的子彈打中，接著悲慘而且痛苦地死去了。

「幹！會開槍就很屌是不是？他媽的不要以為這樣就結束，我要把你們全幹掉啦，幹掉我一個朋友，我就幹掉你們一百個人！幹你娘啦！」

「把你砸爛了看你還囂張什麼啦幹！」

成知跟昇哥一起把它打爆了，但兩人可以順利衝來並活著，有一部分也是要感謝他們的小弟正巧幫他們擋了子彈。

平時跟成知一起吃香喝辣的虎皮幫同學死了一半，只剩兩、三個看著平時混在一起的朋友就這樣死亡。

當他們看到同伴們屍體碎塊時，那樣悽慘的死狀讓他們腳全軟尿失禁了。

「救命啦……快點救我啦……！我又沒怎樣，為什麼要殺我……」

「誰快點來救我……」

昇哥把他們拉起來，然後甩了他們一個大大的耳光。

「幹，在這邊怕死就不會死喔？懂不懂衝最前面的才叫大尾？卒仔！」

「死孬孬，你是在怕三小啦？」成知抓住已經淚流滿面的同學領口嗆：「你就是不敢衝才不會跟我一樣大尾啦！你是不想幫他們報仇喔？」

「我不想死啊……哇啊啊……快點把我放了……」

他說到一半，竟發現自己的手臂傳來一陣溫熱，接著掉到地上了。

他的手被某種能量無聲整齊的切開，整齊得有如全新菜刀切過的斷面，開始噴出大量鮮血。

「哇、哇啊啊啊啊！」

手被斬掉的同學徹底失去理智，倒在地上扭動。成知嚇得退後幾步，這時從上方出現的雷射紅光在他身上來回掃了幾次，張嘴瞪眼的同學剎那間全身開始燃燒起來，眨眼之間就變成大量灰燼。

剩下縮在角落的活人也是，被雷射切開以後變成七零八落的碎塊掉在地上。

一架高兩公尺，擁有三腳滾輪滑行的黑色機殼機器人從天花板上落下。它的頭部擁有雷射裝置，它就是兇手。

它轉頭，昇哥還有成知就是它接著下手的目標。

不等昇哥出聲，它馬上發射雷射斬開他的脖子，讓他人頭落地。

不知道也不想管那個雷射是什麼的成知直接衝過去想砸爆它。但機器人沒殺掉他，反而用強力的手臂掐住成知。

機器人的喇叭發出熟悉的聲音。

「被玩弄的感覺爽嗎？」

那是被他欺負的江世銘的聲音。

「幹！是你！」成知的臉孔因憤怒而扭曲，不顧一切直接嗆：「我管你怎麼會在這裡，等我打爛機器人……我要把你們全家通通都殺光！」

聲音只輕笑一下。

「你在欺負人的時候，有沒有想過一個問題？那些人被你玩的心情如何？」

「管他去死咧！你們這些賤貨就是他媽的弱才會被玩啦！」

手臂用力一夾，成知就因為下半身被捏爆了慘叫不止。

「再問你一次。」少年的聲音殘酷而平靜。

「你要不要誠心誠意地道歉？這樣子我可以饒你一死。」

「不要……」

機器手臂像捏番茄再使勁一捏，成知就發出慘到不忍聽聞的慘叫。他腹部以下的身體都不見了。

不停咳血，快死的成知仍用布滿血絲的雙眼狠狠瞪著鏡頭，伸出勉強能動的手。

「我……死都……不向你道歉……我……最屌啦……」

然後，他對鏡頭邊顫抖邊比中指。

「有沒有遺言要說？」

少年的聲音冷靜地問。

「操你……媽……」

明白眼前的人已經沒救的世銘按下按鈕，讓機器人把他捏碎。

確認裡面的人全死了以後，穿著防護衣的工作人員進來開始清掃現場。半身癱瘓，只能動手操縱的江世銘回想著仇人的死狀，心中的痛苦正在紓解。

「感謝您協助這次的最新機型測試。」

穿著深藍色西裝的男性向輪椅上的世銘致謝。

「這次的軍用機器人由於性能尚不穩定，需要使用人類當實驗對象才能獲得更精確的資料。測試而得到的強度數據都會在往後的研究派上用場，而剛才的影像也上傳到網路提供用戶付費觀賞。」

「怎麼會想到要找我呢？」世銘對這件事很在意。

他好像已經料到世銘會這麼問了，於是耐心解釋。

「世界上的人口過多，因此具有暴力衝動而難以糾正的人需要排除，將他們用來當成調整武器性能的白老鼠，是最適當的用途。

而被這些人欺負的您，絕對有攻擊對方的理由。我們需要的是操作者在毫不心軟攻擊敵人的狀況下的數據，同時您也藉由這次機會復仇了。想要刺激娛樂的社會、軍用機器人開發商還有您都得到了好處，這是一場三贏的結果。」

世銘笑了出來。

「說得沒錯……我很高興，我很感謝你們給的機會。」

他低下頭，流下了感激的眼淚。

「拿來測試武器的力量……真的是最適合這種該死的人渣的用途了。」

Visa

VISA could buy everything you want, including your luck.

「那麼，您確定要刷卡購買『標案的運氣』、『年少的精力』以及『打倒仇人的運氣』這三件商品嗎？」

「就這三個，刷卡。」黑西裝男士遞上一張灰白色信用卡，冷酷地說道。

站在六零年代百貨櫃檯前的小姐用標準禮貌動作接下卡，在機器上輕刷後，連同三只不透明的易開罐大小鋼瓶遞回：「謝謝惠顧。」

放眼望去，商場的貨架上銷售的商品全部都是這種易開罐大小鋼瓶，那感覺宛如來到某種飲料專賣店。商品唯一的差別是，瓶身上用不明的語言印著男士看不懂的標題。

男士有點狐疑地拿起瓶子，打開瓶口並把那冰冷無味的內容物吸進鼻腔。

「這回的內容也有效吧？它們用掉我多少生命？」

「三件商品加起來總價是四天又五小時，客人。」

男士不禁放心地呼了口氣。

「除了我之外，還有其他人也有這張『Visa-L』特別卡嗎？」

「是的，大家都是拼了命讓自己剩下的餘生變得更好喔。」

「餘生這種說法也太悲哀了……」

「但這是事實。使用『Visa-L』在本商場購物的客人全都以自己的壽命時間交易只有在這裡才能買到的商品。而您消費的總額是八年又……」

「不、不要說了。」男士阻止她。一想到自己已經少活八年時間，他心底還是會一陣惡寒。他申辦這張卡不到半年的時間居然就用掉這麼多時間！

「其他人都用了多少壽命啊？」

「這是其他客戶的隱私，恕我們無法透露。」

「那你們銷量最好的商品是什麼？」

「愛情、成就、金錢。人類的欲望千年不變，從創店以來一直是熱銷商品。」

「我懂。可是沒想到肯犧牲自己的命的人有這麼多，還以為只有我這種被逼上絕路的人才……」

「這就看客人自己的取捨囉。世界上寧可早點死也要拿壽命換榮華富貴的人比比皆是，就算沒有在我們的店消費，為了比紙屑微薄的名利提前把自己的性命全用完的人甚至比本店的客人多得更多，這不是什麼怪事呢。」

「嗯，是啊……」男子隨口應和。他內心的不安越來越大。

「詳細的狀況還是建議您向發卡銀行洽詢，我們只是店面，沒有辦法給您太具體的消費建議。」

他點頭。要節制了，自己的生命也是有限的，要是他因為Visa-L超支而死的話未免太悲哀了。這樣就夠了，以後再出現什麼困境也不要再用Visa-L買東西了！

男士顫抖的手握著這張灰白色的卡，不知不覺，他已經從銷售無形商品的商場回到現實的大街上。行人們也好像當他一開始就在那裡似的，沒人注意他。

「日安，敬愛的先生。」

一道有禮到像機器語音的嗓音響起，男士猛轉頭，有個全身穿著黑得有如喪服的男業務員站在那裡，他是當初在銀行角落幫他辦Visa-L的那個人。

「啊……有什麼事嗎？」

「非常抱歉打擾您美好的購物時間，但Visa-L的結算時間到了，我得先向您收取這段時間用掉的壽命。」

他長滿鬍子的臉面露恐懼。算了，該來的還是會來，反正只有八年而已……大不了以後不用這張卡了。

業務員拿出計算機按了幾下，他臉上揚起一抹不祥的笑意。

「怎麼了，你在笑什麼？」

「您的壽命只有五十三歲，這樣一扣下去，您在三分鐘前就該往生了。換言之您的卡刷爆了！」

男士再也冷酷不起來，失措地抱頭喊叫：「對不起……這些還你，剛才買的運氣還你，請讓我多活四天！」

「先生，我們是銀行不是二手店，我只能收走您的壽命回去向上頭報告。但還有個辦法。」

「是什麼？」

「扣押您有形的內臟，這可以替您爭取五分鐘準備遺囑的時間。」

被海嘯襲捲般無處可逃的死亡恐懼吞沒的男士抱著頭，絕望地痛哭叫著。

「我詛咒你們，陰險的黑心銀行！」

發狂的男士最後在路中央被貨車撞死。警方研判他生前太過勞累，才會恍神穿越車輛來往的路口。難得他幾天前替公司標的案子順利成功了，他卻無法看到這個好消息。

另外，雖然他的身體被貨車輾得面目全非，但現場卻始終沒找到他的腎臟與肝臟。

Widow 寡婦

She's the unluckiest widow in the world.

「先說一聲，以前跟我在一起的那些男人們，全遇到見鬼的意外死了。」

在午後咖啡廳的吸菸區裡，桃樂絲．韋爾彈了彈香菸末端的菸灰，用明顯不高興的聲音對身旁的齊德說道。

齊德把手邊的咖啡喝完，習慣性地玩弄自己紅色的瀏海：「死了？妳動手的？」

「去你的，誰要殺他們啊！」桃樂絲馬上回嗆：「我就說是意外了！那些男人雖然都是有錢又老愛在一堆像蒼蠅般煩人的女人間周旋的花花公子，但我沒有喜歡記仇到要毀了他們的老二才甘心啊！」

「那他們是怎麼死的？」齊德越來越好奇了：「這聽起來簡直像某種深入骨子的詛咒啊。」

一旁的客人個個都在聊快樂的話題，桃樂絲看了他們一眼，她覺得自己就像混在一群貴賓狗之中的雜種流浪狗。

「哈哈哈……這真的是詛咒。世界上有哪個女人像我一樣，每個被我碰過的男人的老二全毀了呢？」

這番話絕非戲言。

「第一個看上我的男人叫安迪，認識以來就一直吹牛跟他上床一次要做上三天三夜才會滿足的男人。我有試著跟他玩幾次，結果才幾十分鐘就結束了，真是笑死人……總之安迪是個相處起來還滿好的男人，所以幾個月後我們決定結婚。但是在結婚後第六天，安迪在路上出事死了。」

說到這，桃樂絲又頓了頓。

「他在路上開車，結果在高速公路上，前面的貨車上的鋼筋突然掉下來並貫穿他的轎車車窗，他的老二被鋼筋插爆，當場因為失血過多死亡。」

「……這個我好像有聽說過。」齊德回想著以前看過的新聞報導。

「第二個男人叫喬治，是個品格沒有華盛頓那麼偉大的人。但他很浪漫，才認識幾星期就懂得邀我到充滿情調的餐廳一起吃飯賞夜景，還懂得安慰我從失去安迪的傷痛中走出來。所以，渴望著愛情的我，馬上就答應他的求婚。

但事情是我們結婚後……三天左右的事。那時我們兩個一起去野餐，在我餵他吃我親手做的三明治時，不知道哪跑來的飢餓的野狗從草叢裡衝出來，直接朝喬治的胯下咬下去。他當場痛得大叫打滾，我現在還忘不了被送進醫院還在劇烈顫抖的他可憐的樣子……」

「然後他被咬掉老二死了？」

「不是。他感染了狂犬病，進行緊急治療後還是死了。」

桃樂絲又感慨地吐了口白煙。

「第三個男人……也就是三個月前離開我的那個，他叫里歐。我跟他在瑜伽教室裡面認識，因為他對我連續失去兩個男人的經歷很感興趣，然後我就發現我們很合得來。上帝啊，這是否是祢的旨意還是祢開的玩笑？讓我遇上這麼多愛著我的男人，卻又讓他們在結婚以後用如此屈辱的方式死去……」

里歐的死因是，他在路過工地的時候，工地裡面本來在切木頭的鋸木機突然爆炸，高速旋轉的圓鋸片不偏不倚飛到里歐的胯下然後把他的老二切下，然後失去老二的里歐痛得當街暈死，送醫不治。

看到桃樂絲快要跪在地上哭出來的反應，齊德連忙中止：「我很抱歉讓妳想起這些事。」

「講白點，我到現在都還在迷惘著，自己到底該不該再繼續下一段戀愛？要是我愛上的下一個男人也死掉呢？我是不是命中註定就只能當個沒有權利戀愛的寡婦？」

「里歐也是失去老二後死掉的吧。」

「你這什麼意思？」

「不、我無意傷害妳，但既然每個男人都是在跟妳結婚後，必定會受到某種詛咒然後失去老二，反過來說，或許這就是只要能讓那個男人守住他的老二，他就能活下來的意思？」

這番推論讓桃樂絲思考了一下。

「天曉得。」

「妳為什麼不試試這個方法呢？」

「你現在才提出來的。況且又有誰要陪著我一起試驗這種事？這種事成功了沒錢拿，失敗了會賠上性命，世上哪有蠢貨會做這種事？」

「何不讓我陪著妳試試看？」

桃樂絲滿臉訝異地看著齊德：「這可不好笑。」

「當然不是開玩笑。只要假裝跟我結婚，接著試驗會發生什麼事就好。但如果我存活下來，妳就把未來數十年的人生交給我。」

「這算是另一種求婚嗎？」

「沒錯。況且我如果替妳解決了這難解的詛咒，妳也有足夠的理由嫁給我。」

齊德一臉認真地盯著桃樂絲的眼睛，非常誠摯地補上一句。

桃樂絲對齊德這個人也算有好感，所以才會把這些說了也不會有人相信的話告訴他。

她會答應齊德的要求，就連桃樂絲自己也不禁覺得不可思議。

這場婚禮只有三個人。桃樂絲、齊德還有臨時找來的牧師。

「這種事真的會有用？」

桃樂絲覺得自己好像回到以前扮家家酒時玩結婚遊戲的孩提時代。

「如果妳不試，妳怎麼會知道？」

齊德說得對。況且桃樂絲也是為了破除身上這該死的詛咒才這麼做的。

牧師雖然沒遇過這樣子的狀況，但仍然盡責地主持這場有史以來人數最少的婚禮：「桃樂絲．韋爾，我在上帝面前問妳，妳願意跟赫斯頓先生結為夫妻，並在他生病苦難的時候照顧他，並陪伴在他身邊一輩子，終身不渝嗎？」

「我願意。」桃樂絲用稍嫌敷衍的聲音回答。

「齊德．赫斯頓，我在上帝面前問你，你願意娶桃樂絲．韋爾為妻，在她……」

「我願意，牧師。」齊德直接打斷牧師的話並答應。

牧師帶著一點莫名其妙的反應，手中拿著聖經宣布：「那麼，根據神聖經給我們的權柄，我宣布你們兩人正式結為夫妻……」

牧師的話這回被外面的震動聲和驚叫聲打斷。

走出小教堂，三人都見到了恐怖的景象。

遠處城鎮的上空，有一架直徑有五公里的巨大飛碟停在那裡。

飛碟正朝地面發射奇怪的紅色光束，同時地上也有什麼東西在被光束照到時，同時被飛碟吸收進去。

「噢，不，」齊德忍不住抱頭叫出聲：「那是外星人？而且偏偏在這種時候？」

「而且飛碟好像要朝我們這裡飛來了？」

那架不知為何出現在地球上的飛碟，真的飛來了。三人當然顧不得還沒有交換戒指這件事直接逃命，齊德的車就停在前面空地上，三人一起坐上車後，齊德連忙開車狂奔。

「齊德，小心點，」桃樂絲對著駕駛座上猛踩油門的齊德提醒：「那個詛咒不知道什麼時候會出現。」

「妳的意思是說那個外星飛碟是妳身上那個奇怪的詛咒招來的嗎？」

「我不知道！但不會那麼剛好在剛才的結婚才剛結束就出現吧？」

看起來就像一團巨大烏雲的飛碟，這時已經來到在高速公路上奔馳的汽車正上方。飛碟朝汽車射出紅色光束，三人全部都包覆在光束裡面。

「哇啊啊……！」

坐在副駕駛座上的牧師發出慘叫。他兩腿間的老二與睪丸被飛碟的光線以不明的原理切下來，接著整顆被飛碟的光線吸上去。他兩腿間噴出的大量鮮血怎麼止都止不住，然後失去老二的牧師馬上就因為失血過多，死在齊德的車上。

「該死的！我的車被弄髒了！」齊德叫，連忙用衛生紙擦牧師胯下噴出來的血。

但奇怪的是，齊德的身上什麼事也沒有發生。

「現在加州上空出現了十幾架飛碟，而且它們正不停用不明的光線吸收男性的生殖器官。因為目前尚未傳出女性受害的消息，因此政府呼籲如果任何男性在你居住的地方遇到不明飛碟……噢我的天啊！它正在吸收市民們的身體！這世界他媽的到底發生了什麼事！」

聽著收音機裡記者咒罵的聲音，齊德繼續轉到其他的頻道聽下去。

目前全加州已經有超過一萬兩千名男性的老二慘遭飛碟的毒手。美軍目前已派出空軍跟不明飛行物交戰，至於為了避免外星人奪走總統與其他白宮幕僚的老二，他們已經前往地下祕密作戰基地進行指揮。

場景轉換到飛碟上。

飛碟上，兩名外星人邊操作光線發射，邊看著剛才的收穫。

「這麼多應該夠了吧？」

數萬顆剛才採集過來的人類男性生殖器官，就堆在飛行船的貨艙裡面。最近他們的星球上很流行研究外星原始動物的生態，把地球人的生殖器官製成標本賣出去肯定會賺大錢的。

「同一顆星球的生物樣本採集這麼多就夠了，到別的星球去吧。」

「那麼走吧。」

外星人停下吸取地球人身體的光線，接著升空離開這顆落後的星球。

場景再轉換到地球上。

不管車開到哪，到處都只能看到胯下失血過多的男人屍體。不得已，齊德只好把車開到沒人的樹林裡面，讓腦袋冷靜。

在一陣沉默後，桃樂絲終於開口詢問讓她很在意的問題。

「為什麼你被外星人的武器攻擊後，還是平安無事？」

照理說，任何男性（或許包括動物）被老二吸收光線照到後，都會因為老二不見還有失血過多而昏迷或死亡才對。但齊德依然平安無事，胯下連一點血也沒流。

「是時候告訴妳真相了。」

齊德把車停在路旁，開始訴說自己的故事：

「那是我六歲那年，跟著家人到亞馬遜熱帶雨林探險時發生的事了。那時我因為吃了太多水果，內急之下我到河邊脫了褲子準備上大號。沒想到我蹲在河邊才拉到一半的時候，河裡的食人魚突然從水中跳出，一口用力咬住我的老二。雖然我馬上被送到當地醫院進行老二縫合手術，但為時已晚，醫師只保全了我的性命卻沒保住我的老二，於是我從那時開始，只好過著沒有老二的生活直到現在。」

因為以前就已經沒有了老二，他才能撐過桃樂絲帶來的老二毀滅詛咒並平安活著。

「我的老天……這真的太神奇了！」

桃樂絲不禁稱讚。

「妳可不要忘記妳許下的承諾。雖然我還得裝個人工老二才能跟妳上床，但我保證，以後絕對會讓妳過幸福快樂的日子。」

「當然……我沒有忘記。」

桃樂絲把牧師的屍體推開，然後跟齊德熱情地擁吻。

然後，桃樂絲終於可以結婚並跟可靠的男人廝守終生。

Xenodochial
對陌生人友好的

If you want to use some people, you have to be friendly to them.
It's called "Xenodochial".

二〇××年。

世界人口爆炸導致貧窮人口過多，已經變成非常嚴重的國際問題。全球貧窮人口總計約十二億人，他們不只每天煩惱著下一餐在哪裡，甚至沒有乾淨的飲用水，也沒有一個能夠安居的家。

這些人們為了生存而付出了更多的努力，但卻永遠得不到跟其他生活在同一顆星球的人類相同水平的生活。別說一件好看的西裝或保暖的衣服了，他們可能連最基本的工作也沒有。

世界各國的政府，都在努力解決救濟貧窮的問題。但是資源是有限的，富有的人也不願意去救濟貧窮的人，而且就算有人願意救濟，能拯救的也僅僅是少數的幸運兒。

但就在各國都在煩惱如何幫助貧窮的人們時，不可思議的救星出現了。

他們是人類從來沒有見過的外星人。他們有著像花瓶般曲線優美的頭部，比頭部還要小一點的軀幹，還有長得像是跳繩的六隻手腳。而他們的皮膚則是淺青色的。

一出現，他們就用超越人類科技水準的速度，在短短幾十分鐘內海上建造了一座巨大的人造島。人造島上充滿了各種沒見過卻散發著美味香氣的食物、充滿歡愉氣氛的舒適住宅、源源不絕的乾淨水源，還有溫暖適合世界上任何人類居住的氣溫。

不知道從何而來的外星人們，用心電感應告訴各國領袖，他們已經建造了一座歡迎人類前來居住的海上樂園，而且不收任何人類任何報酬，甚至由他們打開像人類漫畫裡一種叫任意門的有名道具那樣的次元扭曲通道，迎接各國人類到他們的樂園居住也沒關係。

這是他們為了跟人類建立友誼，同時證明自己的科技文明實力的禮物。

當然，各國首腦願意相信這種事的少之又少。但多數第三世界國家的政府，卻欣然接受了外星人的邀請。

有的國家因為內亂戰爭，國內的難民只想逃離這個國家到其他更美好的環境；有的國家因為饑荒缺乏食物、水源，一聽到外星人說有源源不絕而且免費的食物與水，那裡餓了許久的人民當然立刻透過通道前往樂園。畢竟他們就算不動身，待在原處也是死路一條。

世界各地都開始有大量的人透過外星人開設的通道前往位在南太平洋上風光明媚的樂園。不只第三世界的國家，就連美國、俄羅斯、中國大陸、日本、澳洲……這些經濟發展有一定規模的國家也有人朝著樂園前進。

當然，會前往樂園的人都顧不得有沒有偷渡的問題，反正都快活不下去了，誰會管這個。再說外星人設置樂園的位置不在任何國家的領海海域內，算不上偷渡吧？

樂園上的人數從一開始的幾千人，馬上爆增到數千萬人。各種美味的料理、乾淨的水都無限量供應，從外星人準備的戲劇、遊戲、運動甚至到毒品，人類文化中的各種娛樂全部一應俱全，而且免費享用。

樂園的土地上，到處都可以看到享受著音樂手舞足蹈的人們，他們來自各個國家，從幼兒到老人都有，雖然有各種不一樣的理由，但他們如今都非常快樂也非常滿足，因為神終於聽到了他們的祈求，並派了外星人為他們建造了這座樂園。

很快地，各國也接受了外星人的存在，並開始協助有意願的人民前往樂園。雖然有些國家嚴格限制人民前往這個地方，但仍擋不了想脫離這個環境的人。

在樂園出現後不到一個月的時間，移居到樂園的人數已經突破兩億人。

貧窮問題、難民問題全得到解決，而且還不需要動用到政府經費，對各國政府來說當然是好消息。雖然有不少提出懷疑外星人意圖的聲音，但要不要去樂園都是個人的自由，反對者們也沒有權利阻止自願前往樂園的人強制留下。

在樂園上的總人數接近三億人的時候。

樂園的地面突然無預警地開始劇烈搖晃。正在狂歡還有正常地生活著的人們一時間還搞不清楚發生了什麼事，陷入一片恐慌。外星人的飛船這時突然從地底冒出飛到空中，並直接對來到樂園的人類們照射綠色破壞光線。

被光線照射到的人類身體像冰淇淋那樣冒著煙溶解了，看到旁人的肉體竟然溶解成這樣，所有人都陷入恐慌，開始在樂園上四處逃竄。

但外星人當然不會就這樣放過其他人類。飛船開始大範圍對島上的人無差別掃射光線，所有被光線照到的人身體全溶解了。

光線攻擊範圍非常大的關係，他們發動攻擊不過一分鐘的時間，就有超過五十萬人被殺害。

因為這座人造島的面積有限，就算能夠逃過一時，在飛船完全沒有停止之意的追殺下，逃到島上各種角落的人類最後還是逃不過遭到溶解死亡的命運。

雖然也有人冒險跳進海裡，但因為四周已經沒有別的島嶼，逃過被外星人殺害一劫的人，都因為失去氣力而溺死。

確認近三億個人類全部變成三億坨肉醬後，飛船朝人造島本身再發射奇怪的紫色光線，頓時間樂園四分五裂沉入海底。

等到樂園完全沉入海底以後，飛船也從此在天際線上消失，再也沒出現過。世界陷入了超大恐慌。沒人知道為什麼外星人要突然對地球人釋出善意，卻又在短短幾個月後把這些人全部殺掉。世界末日論、恐怖攻擊、祕密組織陰謀……各種不同的論點在世界各地發酵，卻沒有人知道真相，也不知道該怎麼找回那三億名在樂園裡犧牲的罹難者。

直到人類文明結束為止，這件事依然是個謎。

——一千萬年後。地球——

某片南半球的海洋上，有艘飛船正在進行採勘工作。

「計畫已經完成了嗎？」

有著花瓶般漂亮曲線頭部的生物，是這個時代主宰地球的智慧生物：阿奇克人。而剛才向身邊的部下問話的人，正是這間燃油公司的領導者。

「目前製造新的燃油開採地點的組員們，已經要從一千萬年前的時空回來了。」

領導者非常滿意。這時，負責探測燃油的人員喊：「出現燃油反應了！」

在此同時，土黃色的空中出現了泛著綠光的圓形通道。剛執行完布置作業的組員們乘著飛船回來，用心電感應要跟遠古生物溝通並引誘牠們，簡直易如反掌。

原本沒有任何反應的探測儀，這時探測到了海面下方的燃油反應，開始嗶嗶作響。

這種時代雖然還沒有燃油危機，但要找到一座新的油田還是有點難度。因此，領導人想出了一個辦法：讓公司的人回到一千萬年前，然後在那裡製造一座油田。

根據地質學家的說法，燃油是古代的動物與藻類屍體等有機物，在經過漫長的時間壓縮與混合過程後形成的。換言之，只要在一千萬年前先在固定的地點讓大量的生物屍體沉入海底，甚至用這個時代的技術對牠們的屍體做一點更容易變成燃油的加工的話，一千萬年後的現在，這裡就會形成豐富的油田。

雖然利用時空穿越技術大量殺害遠古生物是違法的，但成功的話，其利潤就能大幅超過它帶來的損失。而領導人的計畫成功了。

「太好了！」

阿奇克人們六肢開心地手舞足蹈，他們公司成功地在遠古時代創造了一座新的油田，接下來公司又要大賺錢了。

當鑽油平台開始從地底下抽出下面的燃油時，液體之中彷彿還可以聽到一千萬年前，那三億隻遠古生物沉進海底時發出的怨恨慘叫。

Yearn 渴望

They yearn to fight for their child.

抓著槍的中年男性還有抓著電鋸的中年女性，兩人站在昏暗的空地之中喘著氣互望。

地板、牆壁、圍欄……視界所見的物體上都布滿彈痕與暴力的砍削痕跡。雙方的武器也傷痕累累，但主人們身上的戰意卻沒有消退。

「趁妳還沒死之前我再問一句。」

大叔擦掉從身上傷口流下來的血，忍著痛楚開口：「不管怎麼樣，妳都不肯放棄妨礙我嗎？」

女子也抹掉臉上因子彈擦過而流下的血，嗓音中沒有任何退怯：「世界上會有放棄保護孩子的媽媽嗎？」

「那麼世界上也沒有女兒被殺了也無動於衷的爸爸！」他怒吼回去。

男子手中的槍，是為了替孩子復仇而舉。

女子手中的電鋸，是為了保護兒子而舉。

「妳的孩子已經變成殺人怪獸，沒有任何人類該有的理智可言。我不殺了牠，牠還會殺更多無辜的孩子！」

「怪獸」並非純粹的比喻，而是貨真價實的怪獸。

大叔的女兒是在一家人到海邊玩的時候死掉的。

幾天前，他只有四歲的女兒正牽著媽媽的手，套上游泳圈到海裡面之後還笑著對躺在沙灘椅上曬太陽的自己招手，誰也不知道接下來竟是悲劇的開始。

當女兒在海水裡牽著媽媽的手，開心地學著怎麼游泳時，一隻全身土灰色的巨大怪物卻迅速朝著女兒的方向游來，從水底張大布滿尖牙的嘴巴一口朝她的下半身咬下。

女兒痛苦的慘叫頓時響遍整座海灘。她的鮮血染紅了整片海面，那隻水中怪獸兩三下就把咬斷的右腳吞下肚，接著想再繼續啃孩子的左腳。媽媽尖叫著把女兒抱離水面，結果她的大腿肉也被飢餓的怪物狠狠地啃下一大塊。

男子當然奮不顧身過去救妻兒。當海灘上的人趕來幫忙把兩人救上岸時，女兒已經死了。

她的腰部以下都被怪獸啃得支離破碎，一看就明白沒有生命跡象。老婆也因為失血過多，在搶救三天後仍回天乏術。

腦袋像魚卻保留著像人的四肢與下半身的怪獸，被一群在半小時內趕到的不明團體帶走了。他們的身上穿著密不透風的防護衣，負責運送的卡車上也印著沒看過的企業logo，當男子試圖衝去用水果刀殺死那頭怪物時，反而遭到對方的強硬阻攔，肚子甚至被打了一拳，差點昏死過去。

靠著憤怒與悲傷保持清醒的大叔不放棄，開著車偷偷跟蹤帶走怪物的卡車。卡車行駛了約一小時的路程，來到同樣在海岸邊，位置人煙罕至的建築旁。建築的外觀看起來像醫院，卻沒有任何可以辨識是什麼用途或機構的招牌。被五花大綁的怪物被運下車時還在掙扎，口中發出像缺氧的痛苦聲音。而看到門口那些早已嚴陣以待的工作人員，那模樣就像已經等怪物很久了。

他不知道對方是什麼組織，也不知道他們為什麼能在警方出現以前擅自把怪物帶走。

但身為父親，他心中想的只有一件事。

殺了那隻怪物，然後為家人報仇。而且那隻怪物肯定跟那個組織有關係。記清位置後，他馬上拿著要替女兒辦生日派對還有買禮物的錢與一半的積蓄買了整箱的子彈，再加上好幾把手槍。

他絕對要殺了那頭怪物。不管牠是什麼，這個團體跟怪物又是什麼關聯，他絕對要為自己的女兒討回公道。

但是在他準備拿著槍殺進這棟建築物時，那個中年婦女卻出現在建築的門口。

她抓著一般婦女根本抓不動的大電鋸，像兇猛飢渴的獵豹猛烈地攻擊著自己。男子開槍試圖擊退她，但對方也像失去理智那樣，不顧一切地朝每個他疏忽的空隙攻擊。

不想也無法退讓的男子，對著身分不明的女性開槍。她俐落地用電鋸彈開子彈，接著用想要把男子劈成兩半的氣勢重重揮下。

他用槍管抵擋電鋸，高速運轉的電鋸跟槍管間擦出怵目驚心的火花。這點火花跟女兒死去的慘狀相比根本不算什麼，他用力頂回去，這個動作只差一點都有可能會切到手指，血花四散。

雙方就這樣子在門口打了快半小時。直到剛才休息然後對話為止。

女子面對剛才男子的那句話，她這麼回答。

「就算他變成了怪獸，他依然是我的兒子。他現在……正在接受治療，我不會讓你殺了他，說什麼我都不會退讓的！」

男子用不帶任何期望的眼神冷冷地盯著她。

然後，他只回答了一句話。

「那就去死吧——！」

他瞄準女子的腿部開槍，雖然她也機警閃開了，子彈還是擦過她的腿邊留下一條深紅色的痕跡。

「為什麼不能等一下？說不定他會變回人類啊！」

「聽不聽得懂英文啊，臭婊子？那天殺該死的玩意殺了我的女兒，不管牠原本是什麼，我就是得殺了牠替我可愛的女兒報仇！」

他邊開槍邊替另一把槍裝填子彈。他會不會死或有沒有違法這種事都已經不重要了，曾經是慈愛的父親的男人，現在已經是除了復仇與殺害什麼都不剩的空殼。

他毫不猶豫朝著女子繼續開槍。因為長時間打鬥消耗太多體力，注意力也跟著降低的關係，女子中了好幾槍，發出慘痛的叫聲倒在地上。

她全身的傷口都因為大量運動嚴重出血，空氣中血腥的臭味越來越濃。

「你殺了我啊……如果你辦得到的話……來呀！」

即使痛得要命，永遠沒有放棄保護兒子的女子仍對著他挑釁。

「我不殺人，我只要找那頭天殺的玩意。」剛才明明還喊著去死的男子稍稍恢復冷靜，朝著門口走去。

「你這軟弱的敗類，不准走！我……咳咳，我不會讓你前進……回來……」

她用僅存的力氣，用力抓住男子的褲管。他嫌煩地想踢開她的手，但她實在太煩人了，讓男子終於忍不住再次生氣。

「那就先送妳上路！」

他把子彈重新填滿，接著舉槍對準女子。

「有遺言嗎？」

抓緊電鋸，還想舉起它襲擊男子的母親，她的手被男子用力踐踏，讓她發出更慘的哀嚎。

「沒有的話，妳就在地獄等著跟妳的兒子相見吧。」

在他準備好要扣扳機前，女子用非常細微的音量說著聽不懂的話。

「啊？」

男子把耳朵湊近，但仍聽不清楚她在說什麼。

「說大聲點！」

男子又再把耳朵湊近，卻沒察覺女子已偷偷從腳踝邊抽出一把小刀，用爆發般的力量朝他的脖子捅下去。

他發出難聽的尖叫聲，鮮血從脖子噴了出來。女子抓緊機會重新發動電鋸，在短短一分鐘內，給男子的脖子致命一擊。

途中男子尖叫，四肢不停掙扎，眼中的淚水不像因為痛楚，更像因為沒辦法替女兒報仇的悔恨而流的。

對不起……

爸爸……沒有幫妳把可怕的怪獸殺死……原諒爸爸……對不起……對不起……

倒地的男子用溢滿淚水的雙眼，看著沒有希望的灰暗天空，接著吐出了人生的最後一口氣。

空虛的戰鬥結束了。

渾身是血的女子丟下電鋸，身子搖搖晃晃地從更加昏暗的空間走向亮著燈的大門。

可能失去兒子的恐懼還有剛殺了一個人的沉重感讓她在門口大口嘔吐了一陣子。

其實她明白那個男人的心情。如果自己的兒子被殺的話，自己一定也會不顧一切地想要向那個兇手報仇。

但是自己是媽媽，保護還在接受治療要變回人類的兒子是很理所當然的事。為此，她當然不會退縮。就算知道兒子殺了人這點也不會變。

她相信就算今天兩人的立場互換了，他也會做出跟自己一樣的選擇。

走廊盡頭的手術室門上的燈正好熄滅，醫生們走出手術室，他們臉上的表情全被防毒面具擋住了。

「我的兒子呢？你們成功救了他嗎？」

九個人站成一排，他們之中沒有人開口說話。

「怎麼回事？」女子不禁覺得心急了：「我的兒子呢？你們有成功讓他變回人類嗎？他不是只是身上長出奇怪的東西還有魚鱗而已嗎？」

中間像是執刀醫師的人開口了。

「琳德太太，您在人體改造實驗開始前應該已經聽過關於這項實驗可能有風險存在的說明。」

她點頭，那個時候雖然明白那個什麼讓人類擁有魚鰓的實驗很危險，但相對地得到的報酬也很高。

本來以為不會造成太大的傷害的實驗，卻沒想到會變成兒子化成半人半魚怪物的結果。就算報酬解決了他們家庭的財務問題，但這代價也未免過高。

「手術失敗並造成難以挽回的後果，這也包含在風險之中。補償這些風險的金額，已經包含在當初交給您的費用裡面。」

過了幾秒才明白含意還有發生了什麼事的女子，發出發狂般的叫聲。

「你在騙人……騙人的，我的兒子怎麼可能會死？他才十四歲而已，那麼健壯的男孩子怎麼會這樣子就死了……！」

她抓著剛才刺殺男子的小刀，激動地想捅眼前的醫生。一旁的警衛馬上衝來要壓制她，但她身上的怪力再加上敏捷的動作，警衛竟然被她砍得當場倒地。

「把我可愛的兒子還回來！我的蓋吉、你們竟然殺了我的蓋吉！」

女子把腦中一切多餘的念頭全部捨棄，抓起刀便奮力朝眼前的所有人砍去。趕來的武裝警衛拔槍朝琳德太太身上射擊，本來就已經受傷的她，現在更全身嚴重出血。

「蓋吉……」

琳德太太在地上匍匐爬著朝手術室緩緩接近。武裝警衛把她拖住，不讓她前進。

「讓我……看我的蓋吉……」

她聲音虛弱地說著。

「我……我在這裡……媽咪在這裡……」

像執刀醫師的男性伸手阻擋了武裝警衛，並示意旁人打開手術室的門。

那隻曾是十四歲男孩的半魚人怪物正躺在手術檯上，麻醉將退，牠隨時可能朝媽媽反撲。

「對不起……」

琳德太太伸長手臂，輕抓牠的腳掌。

「媽咪不該答應你……讓你做這麼危險的事……還害你……變成咬死人的怪物……」

怪物只用「嗝嗝嗝」回答她。

「媽咪還……以為殺了人……可以保護你……但媽咪錯了……是媽咪的錯……一切都太遲了……」

醒來的怪物繼續發出奇怪的聲音，然後朝琳德太太的肩膀咬下去。

「實驗對象失控了，快射殺！」

武裝警衛連忙舉槍射擊怪物。人就在怪物身旁的琳德太太也被擊中，最後無力地倒下。

「蓋吉……媽咪拯救不了你，但……媽咪不會讓你一個人孤單地上天堂的……」

她緊緊地抱住還不停從魚嘴裡面發出怪聲的怪物，不願放開。

就像以前他受傷時，自己抱著心愛的孩子為他擦掉眼淚那樣。

緊緊地抱著……緊緊地抱著……

直到什麼聲音都聽不到為止……

Zoology
動物學

In other planet, "zoology" has another meaning: how to create new creatures.

這顆星球上的一切生物，全部都是由她一手創造出來的。

不管是微塵般的細菌、螞蟻，或是身軀巨大的大象、鯨魚，無數如繁星般璀璨閃光的生命，全部都是她最得意的作品還有最可愛的孩子。

我跟她都不是神……嚴格來說是這顆星球的造物主沒錯，但我們兩人原本都是地球人。

在我們出生的時代，地球文明已經擁有可以短時間內創造出其他物種生命的技術。除了明文禁止人類以生育以外的方式創造或複製人類，其他種類的動物都可以創造出來。

多虧這個時代先進的技術，像長毛象、爪哇虎、賽普勒斯侏儒河馬、義大利鼠兔、旅鴿等過去許多被視為已經滅絕的動物，如今都已經成功地在地球上重生。

儘管那麼多種類的動物可以復活是件可喜可賀的事，但是地球上的資源是有限的，如果有那麼多種動物再次出現，那麼必定會有其他更多人類或弱小的動物因為自然淘汰而大量死亡。

新的技術總是會帶來新的悲劇，但也會帶來其他可能性。

我跟她因為再也無法忍受地球上的環境，於是帶著創造動物的技術，搭著太空船前往另一顆還沒有開發過的星球。

我們在尋找的不是適合生物生存的星球。如果一開始就適合生物生存的話，那這顆星球在很久以前一定就已經有不少原生種在上面，因此要找一顆荒蕪的死星才行。

死星上的連空氣都不適合生物，因此必須先用環境清淨技術淨化整顆星球的空氣、水源後，接著才可以創造新生命。造物主雖然偉大，但工作也很辛苦，這也難怪上帝創造了世界萬物後還要再訂個星期天來休息。

「看到新星球的心情怎麼樣？」

我對著倚靠在太空船窗邊望著紅灰色星球發呆的女孩問。她是個擁有比我還要出色的創造才能，同時內心感性也很纖細的創造者。

「這是顆沒有活力的星球。」她答：「同時，也是適合我發揮的好地方。」

「妳一定可以創造出很棒的生態系的。」我如此相信。

在改造完星球的環境後，她的生物創造工程開始了。

首先是各種家畜動物。在造出家畜後，她按照著帶在身邊的地球動物學資料創造出其他比地球原生種更美麗的生物。

好比說，擁有一百種彩色羽毛的孔雀。

好比說，背上長了黃金比例幾何圖案的黃金瓢蟲。

好比說，一出生下來就會唱歌跳舞的熊。

在原本的地球上，創造這種不尋常生物是被法律禁止的。只有到了外星球，她的才華才有機會成長。

我透過她創造出來的生物，看到了她的夢想以及漂亮的內心。這個世界很棒，每一種動物身上都有值得注目的優點，就連一隻小小的毛毛蟲身上，也看得到創造者的用心。

走在她沒日沒夜努力創造的雨林裡，從唱歌的鳥兒到腳下的落葉，全部都帶著她的愛。散步一圈感覺就好像圍繞在她的愛裡面，好舒服。

星球上的氣溫也控制在二十四至二十六℃的範圍，真的是再棒不過的地方。

光是望著眼前她用心創造出來的景色，我就覺得自己戀愛了。

不、我確實戀愛了。這是實話。如果我不愛她的話，那我是不會拋棄地球的生活跟她一起到這種地方來的。可以跟她一起創造另一個全新世界，就是我人生的夢想。

「這顆星球太適合讓妳創造出來的生物生活了！」

只要調整過氣溫、空氣成份，除了這顆星球一天有二十六小時以外，基本上沒什麼太大的問題。

我把今天採的花編成八色花環戴在她頭上，讓正在吃晚餐的她看起來更可愛。

「我也覺得這裡很適合。」

她看起來也很滿意，在創造生物的工作告一段落後看起來相當開心。

在這裡創造新的天地不會有人看到，也賺不到一毛錢。

這種事如果不是對動物有非常大的熱愛是絕對辦不到的。

「雖然現在只用到了這顆星球三〇％的面積，但是接下來還有許多還沒創造出來的生物，牠們將會在這片大地上展開新的生活。」

「太好了，可以在這裡看到妳創造的世界，我很幸福呢！」

「世界上也只有你肯陪著我來到這裡。我……」

她說到這，有點害羞地低下頭。

「幹嘛啦，有話就說啊。」我笑著。

「……你明知道我要說什麼嘛！」她生氣了：「這裡除了你跟我……有其他的

人類嗎？我最喜歡你了，不可以嗎……」

我起身，抱住她的同時給了她一個深深的吻。

「當然可以。妳剛才也說這裡只有妳跟我，那等一下讓我表現一下我有多愛妳吧？」

「隨便你啦……」

她輕輕把頭埋進我的胸口之中。

我跟她在沒有別的人類的世界，直接結婚成為夫妻。

這裡真的是名副其實的兩人世界。每天醒來，我都在幫忙她繼續進行創造新生物的工作。

有技術的話，我其實也能夠創造新生物。但是我沒有像她那樣的才華，創造出來的都是些醜得要死的生物。用繪畫來比喻的話，我只能做到把畫布上多餘的顏料刮掉這點程度的事。

但創造生物比繪畫困難數百倍。無法預料的麻煩問題也會接二連三地出現。

好比說，創造出來的生物們會因為奇怪的病而死去。

有些像魚或蝦之類的小型水生生物，牠們在創造出來的時候明明活的好好的，但是在一星期後卻暴斃了。

她自己也覺得很困惑，因為她沒有創造出可能讓魚蝦死去的細菌，最後，她得出了結論。

「是這顆星球上的原生種細菌吧。」

「原生種細菌？」

「這顆星球上本來就存在著其他種類的細菌，它們會讓我們創造的生物病死。接著要開始在創造的生物的ＤＮＡ裡面加入能對抗這種病菌的部分，其他的生物也要開始追加能夠對抗的抗體。」

「我知道了。」

說完，我親吻了她的額頭一下。

「幹嘛，你很噁耶。」

「因為妳看起來很沒精神嘛。再說我現在是這顆星球上唯一的男生，妳怎麼可以說我噁心呢？」

「這就是事實嘛！你快去工作啦，去採集細菌的樣本來給我！」

笑著再跟她擁吻一次後，我到附近的森林裡找魚蝦死亡的池塘。

人類歷史上雖然有殖民地原住民被拓荒者帶來的病毒感染，因為缺乏抗體而死亡的例子，但拓荒者帶來的生物被新大陸的細菌感染而死亡的例子卻很罕見。

但這裡是外星球，地球的法則不通用也沒什麼奇怪。

我用燒瓶裝水，然後望著水底彩色的石頭。

那雖然不是她創造的，但好漂亮。

看得入神的我想再靠近水面看清楚，眼角餘光卻看到自己的倒影旁竟出現另一張笑臉。

「哇啊啊！」

我嚇得跌坐在地，裝水燒瓶也落地摔碎。

這顆星球在來的時候已經再三確認過沒有我們以外的人類或智慧生物，如今第三個人類模樣的生物卻在我面前現身。

對方擁有白得不像任何人種的肌膚，身高約兩百公分左右，身上穿著正不停變換七彩炫光色彩的長袍，還有綠色的長髮。

因為對方的臉相當中性，我判斷不出對方究竟是男是女。

「你是誰？」

那難道是外星人嗎？我聽說有些外星人的外表跟地球人其實非常相像。

我不確定對方聽不聽得懂地球的語言，總之先開口就對了。

幸好對方會用心電感應，對方的聲音直接傳進我的腦中。

『我是住在這顆星球上的靈魂。來自其他星系的遊子啊，歡迎你們。』

「靈魂？」我的腦中有好多疑問冒出來：「你是以前的居民？」

『沒錯。只是在數萬年前，我們的文明已經滅亡了。』

沒想到竟然會遇到外星人的鬼魂。我忍住驚訝的反應，繼續問：

「你一直在看著我們嗎？」

『因為這顆星球死寂了好久。距離上次看到智慧生物的文明利器已經是數千年前的事了，而你們甚至擁有創造生物的技術，讓我非常有興趣。』

因為太驚訝了，我只能回答「嗯。」

如果這顆星球上真的有鬼魂的話，那事到如今才現身要做什麼？

「你想幹嘛？」

『這顆星球已經許久沒有出現生氣。我一直看著你們創造生物的樣子，如果能夠得到更先進的文明的助力，你們的工作也必然會出現更大的進展。如果你與你的愛人願意相信我，那麼我也會盡我所能地幫助你。』

第一次見面的外星鬼魂突然提出這種要求，也讓我不知道怎麼反應。

「關於報酬的事……」

『不需要報酬。』外觀看起來像人類的鬼魂否定了我的疑惑。

『讓星球重新出現許多的生物，就是我的願望。能看到這顆星球活起來，就是最好的報酬。』

我半信半疑地點頭：「但你要怎麼做呢？」

『你們的文明雖然能夠創造生物，但是在我們看來依然是非常落後而充滿缺陷。如果你們能考聽從我的指示改良動物們的基因資訊，那麼這些生物就能夠得到適應這顆星球的能力，然後在星球上生活下去。』

對方的話我還是有點難以置信。所以我帶著這個外星人鬼魂先生，回到我們建立的住處。

她見到那個外星……應該說原本住在這顆星球上的幽靈時，同樣嚇了一跳。

幽靈依然維持著笑容，然後開始指出她正在創造的那頭河馬身上有什麼樣的缺陷。

不是只有哪邊的基因碼不對這種事，而是詳細說出如何讓牠變得更健康、適應這裡的細菌的方法。她實際照著幽靈的建議進行改造，結果創造出來的河馬存活的日子比先前的還更長。

她好開心，在幽靈先生（小姐？也可能沒有性別）消失的當天晚餐時間，我們開了從地球帶來的紅酒一起乾杯慶祝。

因為修正錯誤的時間大幅縮短了，因此創造的工作越來越快。

幽靈在這段時間也很熱心地學習關於地球動物的知識。即使是面對遙遠星球的陌生事實，幽靈依然以人類難以想像的速度理解著。

兩個月過後。

她創造出來的動物數目是過去的兩倍多。

動物們的死亡率大幅降低，不管是長頸鹿、河馬、獅子、猴子……全部都健康地生活著。

過去空曠荒涼的景象不見了，走到哪裡都能見到欣欣向榮的景象。

本來預計需要好幾年才能達成的願望，現在已經在眼前實現。

我摟著她的肩膀，夢中才能見到的景象讓我們的心跳動得更厲害。

『你們的願望已經實現了。』

永遠維持著看久了讓人覺得有點可怕的微笑的白面幽靈，出現在我們的身後。

「是啊……太好了。這一切都要感謝您的幫忙。」

她向幽靈開口道謝，用看著恩人一般感激的眼神看著祂。

「而且您也不收我們任何報酬……這真的太感謝了。」我也說。

幽靈點頭。

『確實，我不會從你們身上收取東西。』

但語氣一轉。

『但我等待你們為我製造食物的這一刻，已經等好久了。』

綠髮白面幽靈的身體，這時從正中央裂開了。

老婆嚇得往後退了幾步，我連忙擋到她面前，眼前的幽靈已經可怕地像蛋殼般裂開，裡面流出比石油還黑的液體。

不只如此。像裂縫的邊緣有無數讓人聯想到蜈蚣腳的細長觸手爬出來，原本以為會有蜈蚣或馬陸出現，但沒想到是一團全身都長滿不停蠕動的長肢的黑色黏土狀生物。沒有生物該有的眼睛、耳朵，只有無數叫人作噁的長肢與幾乎接近爛泥的身體。

『我已經餓了一萬多年了。』

生物壓抑不住飢渴感的聲音傳進我們腦中。

牠把身體的一部分用力伸長，然後用力捲住旁邊那一窩剛出生的猴子，張大它醜陋的嘴巴用力把驚慌掙扎的猴子們全部塞進口中咀嚼，讓人作噁的骨折聲與慘叫傳牠口中傳來。

『好吃，好吃好吃！』

牠飛速地流向那些還不知道發生什麼事的動物們。幾隻較大的動物一看到無名怪物馬上逃跑，但像雞或狗那樣的小動物就沒那麼幸運了。

牠伸出超過上百根布滿細肢的手，把所有看得到的動物全部塞進口中。老婆創造出來的動物們發出痛苦的哀嚎、哭號，然後全部被怪物嚼碎死掉。

『好吃好吃好吃好吃！』

嚇呆暫時無法行動的她終於恢復冷靜，她衝向繼續捕食動物的怪物，大喊：

「住手、不可以吃那些動物！」

『好吃好吃好吃好吃好吃！！！』

黑泥繼續抓體型更大的動物，像是獵豹、爪哇虎、犀牛。牠發出噁心的吸吮聲，因為牠像吃關東煮般輕鬆把老虎的身體從中間咬成兩半後，開始吸牠從屍體斷面流下的血。

「拜託你……住手！不要傷害牠們！」

她用幾近痛哭的聲音哀求著，但是那隻不知名的怪物沒有住手，把動物們用噁心的觸手捲起來以後，接著無情地大口咀嚼。

她近乎崩潰地發出尖叫。但沒有人可以阻止牠，怪物就像龍捲風那樣無情地把驚慌逃竄的可愛動物們抓來送進口中，數百隻大小不同的動物都在一秒內被嚼成肉醬，血肉全都像被黑洞吸收般消失在怪物體內。

牠教導我們創造更完美的生物，目的就只是為了讓牠大快朵頤。我們只能無能為力地站在一旁，看著牠把我們可愛的孩子一隻隻吃進腹裡，卻一點反抗的辦法也沒有。

「住手！我求你住手，不要再這樣子了……」

黑泥怪當然沒有理會我們的話。牠繼續在這顆星球上狂掃所有看得見的生物，一直到可愛的她哭得昏厥過去，我也安撫她安撫得睡著為止。

我們花了數個月創造出來的天地，被潛伏在星球上的惡魔摧毀了。

老婆因為遭受巨大而恐怖的打擊得了重度憂鬱症，現在成天只是躺在床上發呆哭泣，每天被那天死掉的動物的慘叫折磨。

我看著她以前使用的實驗室，自從那天罪該萬死的怪物把所有我們創造的生物全部吃掉以後，這裡就變成積灰塵的地方。

一想到那隻可恨的惡魔，我忍不住忿忿不平地一拳打在桌上。

在吃光全星球的生物後，那頭外星垃圾再也沒有出現。在牠消失前還很得意地對著我們說：『異星遊子，繼續為我創造好吃的生物出來！』

牠沒有把我們吃掉，想必也是因為我們是唯一懂得創造生物的智慧生物的緣故。雖然牠消失了，但等到我們又創造更多生物出來的時候，屆時牠一定又會在我們面前現身。

該死，這真的讓我作噁。本來以為逃離地球來到新的世界，結果我們到這裡來也只能當其他外星人的奴隸嗎？

我仔細回想以前跟那惡魔的對話，這顆星球之所以會變成死星，會不會也是因為星球上的各種動物都被牠吃掉的關係？

想到這，我的心底閃過一個念頭。

如果我故意製作有害的生物讓牠吃的話又會如何？

我不像我的老婆那樣有創作的才能，就算硬要創造生物，跑出來的也只有畸形、早死或只能被稱之為怪獸的動物。但這樣子正好，我現在也不需要創造可愛或完美的動物出來。

我開啟機器，接著開始像捏黏土般隨便亂創造各種難看、有毒、噁心的生物出來。

好比說長了六十四隻腳的超大蜘蛛。

又或者是身體跟蜈蚣一樣長，有五十隻手與五十隻腳臉還長得像人類的動物。

還有其他各種奇奇怪怪的生物，像會會從鼻子噴出腐蝕性毒液的大象、沒有眼球的獨眼巨人、人面蛇、食屍鬼、鋼翅蟲……

七天後。

原本已經被那隻住在星球上的惡魔給摧毀殆盡的世界，現在又變成另一個超可怕的地獄。各種被我創造出來具有猛烈攻擊性或含有劇毒的生物在這片原本美好的大地上盡情肆虐、互相捕食。但為了向那隻該死的惡魔復仇，我在創造這些怪物的時候已經設定好要把我當成至高無上的神來服從。

牙齒比電鋸還利的老虎，正在水裡跟數百隻體積比人臉還大的食人魚撕咬搏鬥；上百隻人面獸正在獵捕全身長滿葡萄般肉球的怪獸，怪獸雖然把人面獸壓死，但牠們的血有腐蝕性，牠身上的肉球都被血水溶解。

像這樣子的可怕屠殺到處都是，眼前的大陸已經變成血腥地獄。

我站在安全瞭望台上看著只有在惡夢或地獄裡面才會出現的生物殘殺，這時一陣叫我想把五臟六腑全吐出來的囁嚅聲傳進我的腦中。

那隻白面幽靈再次出現在屠殺戰場的正中央。我看不出牠的反應，但猜得到牠絕對連這些醜惡的玩意也想吃光。

「你終於出現了！」

我用痛恨的聲音對著那隻該死的存在吼著：「竟敢把我的寶貝最可愛的孩子們全吃掉……既然這麼喜歡吃的話，那就吃我今天為你準備的重口味特餐吧！」

幽靈沒有回答我的問題，牠再次像蛋殼從中間破裂，顯現出自己黑泥般醜惡的真面目。

但這回我們這邊不會再乖乖被宰了。

「把牠抓起來！」

我的聲音透過擴音器傳遍了這塊陸地。

草原上、雨林裡、河水裡、海洋中，各種地方被我創造出來的動物全部都停止自相殘殺，接著開始朝黑泥包圍。

總數接近一萬隻的動物，蓄勢待發準備把敵人撕成碎片。

瞬間，各種帶著強烈攻擊性的怪獸撲上惡魔的身體。

一陣分不清楚是我方士兵還是敵人的咀嚼聲頓時間四處響起。大量腦中只有食欲的醜陋怪獸一同吮吸著那隻幽靈的泥狀身體，有些還敏捷地試圖張大口把敵人的上半身咬斷。

幽靈的全身上下也發出彷彿會從毛孔侵入體內，聽了就讓人做噩夢的叫聲，接著開始吃掉那些動物並反抗。

被數百隻生物壓住的惡魔，遠看就像堆滿穢物的小山。蠕動的小山裡不停重複吃與被吃的過程，有些我創造的動物被吃了，但那惡魔的身上也有一部分被吃掉。

我雖然不知道那東西是什麼，但至少知道這東西不是沒有實體的鬼魂，而是被咬了也會噴出比水溝髒水還臭體液的生物。

地獄的飢餓之聲開始轉變成有點痛苦的呻吟。牠本來把動物就像咬斷關東煮一樣輕鬆，但現在吞食那些煉獄動物的速度變慢了。

像液體般伸縮自如的身體，如今也開始膨脹。我創造出來的每種動物體內都有比氰化物還強的劇毒，為了確實把那隻惡魔幹掉，我還特別創造了擁有可以一次殺掉一百五十個大人的子彈蟻，在牠出現的時候放出來。

痛苦的呻吟聲越來越明顯，眼前的惡魔已經變成一團只能打滾的爛泥，而我的士兵依然對牠窮追不捨，不把牠打爛絕不罷休。

牠口中也噴出溶解液反擊，有些閃避不及的百足人被牠噴得像冰塊冒煙溶解，死傷慘重。

雖然雙方都有傷亡，但整體上來說，是我方佔了優勢。

那隻惡魔現在已經是一團被攻擊得不成人形——雖說本來就不是人形，不過看不出本來模樣的渣滓。

原本像長了無數蜈蚣腳黑泥狀的身體，現在只是煤炭般乾扁的殘渣。牠蠕動，卻馬上被憤怒的獨眼巨人們用力踐踏，直到牠動也不動為止。

這樣子一來……算是我們贏了吧。

我放鬆地心想。

在我深呼吸一口氣的時候，一根尖刺無聲地貫穿我的身體。

本來以為奄奄一息的惡魔，如今竟重新變回原狀還伸出觸腳偷襲我。

『愚蠢的異星遊子，你以為已經將我擊敗，事實上我只是故作弱小罷了。』

明明受了那麼重的傷的惡魔，不知何時竟然重新變回原樣。牠泥狀的身體把身邊的獨眼巨人全部抓起來，在巨人們揮舞四肢反抗時，把牠們吞進體內。

「殺掉……把牠殺掉！」

我按著流血的傷口，大聲叫著。

剩餘的怪物繼續攻擊牠，但原以為很弱的惡魔竟然一口氣膨脹成幾十倍，牠再次伸出無數附有細肢的手把各種根本不適合食用的生物抓進口中，大力咀嚼。

『好吃！』

牠沒有出現食物中毒或不適反應，反而長得更大，大得幾乎可以把我壓扁。我創造的士兵，竟在一瞬間全軍覆沒。

「為什麼……為什麼？」我不禁坐倒在地。

『因為我餓了。這顆星球上的東西，在數萬年前全部吃完以後，我已經被飢餓折磨了這麼久。』

「是嗎……」我不知是因為恐懼還是不知所措，口中發出幾聲乾笑。

「你會死的……吃了這麼多擁有劇毒的動物，你在一小時以內，一定會……」

『異星遊子，你們的劇毒對我的身體來說是沒有用的。更何況我體內累積的胃酸，會先將毒素全部分解。』

「怎、怎麼……」

我創造了不少有毒的東西，但不是針對外星生物，而是對人類有毒的毒素。況且牠要是真的餓了數萬年，把那些怪物全部消化掉也是有可能的。所謂「飢不擇食」就是這樣的情況吧？

我因為痛覺再也說不出話，為了自己大意的態度而自責。

『異星遊子，繼續為我創造食物。』

我因為劇痛幾乎說不出話來，但對眼前的惡魔的反抗之心依然沒變。

牠大概也能感受到我在想什麼，於是再也沒說話，伸長觸手直接把我打死——

噗！

一陣爆裂聲響起，牠黑泥狀的手在空中突然爆裂了。

我猛然轉頭，然後看到手上抓著麻醉槍的妻子。

『異星遊子，妳做了什麼？』

爆炸的觸手沒有復原，牠不停扭動抽搐，心電感應的音色也帶點恐懼。

「這段時間我一直在研究，可以讓你的身體徹底分解的物質，一直等到現在才出現。」

接著，她轉向我。

「你幫我拖了不少時間，而且也順利引誘牠出來了呢。」

我頷首，接著她舉槍，朝惡魔連射數十發裝著深綠色液體的子彈。

牠骯髒的身體像冒泡的泥沼般不停爆炸，惡魔倒地，牠第一次出現驚惶的反應。

接著她拿出第二把槍持續射擊。身中近五十發藥劑的惡魔如今遠看更像在沸騰的泥漿，牠的尖叫透過心電感應直傳腦中，摀住耳朵也無法消除。

不過幸好牠最後像充太飽的氣球爆炸了。

發出惡臭的碎塊、七彩色的血液還有被牠吃掉的動物屍塊瞬間爆散噴飛到半徑三公里內的每個角落，像是一百年沒打掃過的公廁般的作嘔臭味瀰漫在整個空氣之中。

看起來因為緊張過度而差點癱倒在地的她，注意到被那惡魔攻擊，倒在地上動彈不得的我。

她連忙走過來，從隨身帶著的醫藥箱先替我打了一針。

「牠死了嗎？」

「當然。我會創造生物就能找到殺掉牠的方法。」

我們拍掉沾到身上聞起來有如堆了一百年的糞坑與腐爛了好幾個月的鯨魚死屍混合在一起的臭氣的屍塊，還有螢光橙與暗紅色混在一塊的噁心黏液，有如惡夢初醒。

那怪物死了。我創造的地獄也因為怪物全被牠吃光而消失了。

把我們當成午餐肉製造機的怪物，再也沒出現。

「重新開始吧。」

她望著灰藍的天空，道。

「妳沒事了嗎？」

「怎麼會……我現在想到那些獨一無二的孩子們被牠吃掉的樣子，還是會想哭啊。」

她擦擦眼淚，用依然悲傷的反應說下去：

「但夢想，就是這樣啊。不管哪條路或在哪顆星球上都會有障礙在，不前進的話，我們特地到這顆星球上就沒有意義了。」

「是啊……」

我把她抱進懷裡：

「只要我活著，不論幾十年或幾百年，都會一直看著這個世界進化下去。畢竟，這是我們的夢想啊。」

為了清理那隻不知道住在星球上幾萬年的惡魔的屍塊，就花了近一個月的時間。每天身上都沾上聞了就快讓我嘔吐半天的惡臭，而且為了不讓她想起更糟的回憶，這些工作都由我跟我創造的動物們來做。

希望這顆星球上不要再出現這樣的怪物了。

在那之後，雖然沒有那惡魔傳授的知識，但她依然努力不懈地創造出許許多多地球不存在的物種。她創造的動物再次把星球的模樣點綴得更加漂亮。

除了她可愛的動物，我創造的醜陋生物也一起在這顆星球上生活著。生物需要天敵，那些難看卻沒先前危險的動物就扮演掠食者的角色，刺激著其他生物繼續進化下去。

靠著地球帶來的醫療器材，我接受了近三個月的治療活了下來。現在，除了走路時腹部還會痛以外，已經沒有大礙。

不過，改造星球的工作還是得繼續。

她繼續創造美好的動物，我也繼續創造有攻擊性的動物。動物們需要天敵才能生存，不論在哪顆星球上都一樣，這是我們最近才明白的事。

雖然感覺跟原本的地球差不多，但至少是我們夢想的第一步。

「小寶貝最近越來越好動了呢。」

她最近開始休息，因為她肚子裡面的小寶寶很快就要在我們創造的世界上誕生了。

「不知道是好動的男生還是文靜的女生呢？」

「女生啦，先前才用我們帶來的儀器確認過，你很健忘耶。」

「對喔。」我哈哈笑著。

這裡沒有醫院也沒有接生婆，從這孩子生下來以後到撫養她長大，都得由我們自己來。

但是我很期待。

我們一起創造的生態系，未來將會演化成什麼樣子，沒有人知道。

但只要我們還活著，不管這些可愛的孩子們又再遇到什麼三頭六臂的怪物攻擊，最後一定會迎向美好的未來。

等這孩子出生以後，也有不少需要教導她的事。

但是我從自己的內心裡相信一件事。

在不久以後的未來，我們的孩子將會成為這顆星球新的救世主——

為了這美好的未來，我們還有很多很多的工作要做。

後記

各位看完二十六篇故事並讀到這篇後記的讀者大家好，我是山梗菜。首先感謝您買下這部作品並全部讀完，可以讓各位看到這部作品，我真的覺得非常開心。

在我國中的時候，因為受到當時無名小站部落格風潮的影響，我就已經開始在寫恐怖小說。那時候的我很喜歡寫日本怪談系以及有幽靈鬼怪出現的恐怖故事，總覺得恐怖故事就是要有鬼才叫恐怖。但在寫了那麼久之後，現在我反而比較常寫沒有鬼怪出現，著重在描寫人性恐怖面的故事。比起鬼怪，我覺得像火種般不知何時會從暗處燃燒開來的人類惡意，在故事裡面反而更有震撼性還有意外性吧。

在寫作這一系列的故事的時候，大部分都是先決定了標題才開始思考內容寫出來的，只有少數幾篇是寫好了才取標題（例：Accordion 手風琴）。不過在決定完標題後想像的內容構想也隨之從腦中浮現，故事也跟著慢慢完成，這是在創作這一系列故事時連我自己都很驚喜的一點。

這部作品能夠出版，要感謝願意給我這次的出版機會的秀威資訊，還有在出版過程中給予多方照顧的慈蓉編輯，同時也要感謝在我寫作途中的許多支持我的朋友。謝謝推薦這個機會給我的千晴老師，如果沒有千晴老師的推薦的話，這本書就不會有問世的機會。再來要謝謝月亮熊老師在我寫作Postoperative這篇時，願意提供我故事中關於醫院的資訊（其實千晴老師也有替我解答不少問題，我也很感謝）。再來要感謝這次幫我寫了推薦文的色之羊予沁老師，讓我的作品增添了許多光彩，感激不盡。還有要感謝微混吃等死老師，在我心情不爽時聽我靠北還有給我不少的建議。還有感謝點了標題讓我發揮的同學Roy、Jack、Gary、MaoYoLin還有巴哈朋友諾亞．伊斯萊昂，他們都是幫助我完成這部作品的功臣。接著還有很多很多必須感謝的人，包括這些年來在巴哈姆特一直支持我在小屋裡連載的小說的讀者們還有同樣因為寫作而認識的朋友們，沒有各位的支持，我大概也沒辦法走到這一步。

最後，還是要再一次感謝看完這部作品的讀者們，期待下一本作品問世時可以再次見面。

釀冒險30　PG2110

驚叫ABC

作　　者　山梗菜
責任編輯　陳慈蓉
圖文排版　莊皓云
封面設計　楊廣榕

出版策劃　釀出版
製作發行　秀威資訊科技股份有限公司
114 台北市內湖區瑞光路76巷65號1樓
電話：+886-2-2796-3638　傳真：+886-2-2796-1377
服務信箱：service@showwe.com.tw
http://www.showwe.com.tw
郵政劃撥　19563868　戶名：秀威資訊科技股份有限公司
展售門市　國家書店【松江門市】
104 台北市中山區松江路209號1樓
電話：+886-2-2518-0207　傳真：+886-2-2518-0778
網路訂購　秀威網路書店：https://store.showwe.tw
國家網路書店：https://www.govbooks.com.tw
法律顧問　毛國樑　律師
總 經 銷　聯合發行股份有限公司
231新北市新店區寶橋路235巷6弄6號4F
電話：+886-2-2917-8022　傳真：+886-2-2915-6275

出版日期　2018年11月　BOD一版
定　　價　320元

Printed in Taiwan

國家圖書館出版品預行編目

驚叫ABC / 山梗菜著. -- 一版. -- 臺北市 : 釀出版,
2018.11
面； 公分. -- (釀冒險 ; 30)
BOD版
ISBN 978-986-445-295-8(平裝)

857.63 107018417

讀者回函卡

感謝您購買本書，為提升服務品質，請填妥以下資料，將讀者回函卡直接寄回或傳真本公司，收到您的寶貴意見後，我們會收藏記錄及檢討，謝謝！如您需要了解本公司最新出版書目、購書優惠或企劃活動，歡迎您上網查詢或下載相關資料：http:// www.showwe.com.tw

您購買的書名：______________________________

出生日期：__________年__________月__________日

學歷：□高中（含）以下　□大專　□研究所（含）以上

職業：□製造業　□金融業　□資訊業　□軍警　□傳播業　□自由業

　　　□服務業　□公務員　□教職　□學生　□家管　□其它_____

購書地點：□網路書店　□實體書店　□書展　□郵購　□贈閱　□其他

您從何得知本書的消息？

□網路書店　□實體書店　□網路搜尋　□電子報　□書訊　□雜誌

□傳播媒體　□親友推薦　□網站推薦　□部落格　□其他__________

您對本書的評價：（請填代號　1.非常滿意　2.滿意　3.尚可　4.再改進）

封面設計____　版面編排____　內容____　文／譯筆____　價格____

讀完書後您覺得：

□很有收穫　□有收穫　□收穫不多　□沒收穫

對我們的建議：______________________________

____

____

____

請貼
郵票

11466
台北市內湖區瑞光路 76 巷 65 號 1 樓

秀威資訊科技股份有限公司 收

BOD 數位出版事業部

(請沿線對折寄回，謝謝！)

姓　　名：＿＿＿＿＿＿＿＿　年齡：＿＿＿＿　性別：□女　□男

郵遞區號：□□□□□

地　　址：＿＿＿＿＿＿＿＿＿＿＿＿＿＿＿＿

聯絡電話：(日)＿＿＿＿＿＿＿＿　(夜)＿＿＿＿＿＿＿＿

E-mail：＿＿＿＿＿＿＿＿＿＿＿＿＿＿＿＿